のんびりこぶたと せかせかうさぎ

作　小沢　正
絵　長　新太

ポプラ ポケット文庫

もくじ

のんびりこぶたとせかせかうさぎ

「こぶたくんこぶたくん。ちょっとこれをみてみたまえ。」

ある朝《あさ》のこと、うさぎがしんぶんをかたてに、こぶたのへやへとびこんできました。

こぶたとうさぎとはだいのなかよしで、アニマン市《し》という町《まち》のはずれに一《いっ》けんの家《いえ》をかり、そこでいっしょにくらしていました。

それほどのなかよしでいながら、こぶたとうさぎとでは、せいかくがまるでちがっていました。

こぶたはたいへんにのんびりとしたせいかくでした。ぼーっとしているといってもいいくらいでした。

ところがうさぎのほうは、やたらとせかせかしていて、どんなことにもむちゅうになりやすくて、おまけにちょっぴりおせっかいなところもあったのです。

いまもうさぎは、こぶたがベッドのなかで、気《き》もちよさそうにねむってい
るのをみると、たちまちぐいぐいともうふをはがしにかかりました。
「おい、おきろおきろ。きのうの朝《あさ》いいきかせたばかりじゃないか。朝《あさ》になっ
たら、すぐ目《め》をさまさなければいけないって。さあ、おきるんだおきるん
だ。」
こぶたはやっとのことで目《め》をあけると、あくびをしながら、ぶつぶつとも
んくをいいました。
「なんだっておこしたりするんだよう。せっかくすてきなゆめをみていたと
ころだったのに。」
「すてきなゆめって、どんなゆめなんだ。」
「キャベツのゆめさ。」
「なあんだ、またキャベツか。そのこともこのまえちゅういしておいたはず

だけどね。そういうくだらないゆめは、みてはいけないって。」

「でもさ、こんどのはいつものキャベツのゆめとはちょっとちがうんだ。ぼくが山《やま》のふもとでひるねをしてたらね。」

「きみはゆめのなかでも、ひるねをするのかい?」

うさぎがにがにがしそうに口《くち》をはさみました。

「うんうん。とにかくひるねをしてたらね、山《やま》のてっぺんからキャベツが、『ごろごろごろっ。』てころがりおちてきたの。それがさ、ガスタンクくらいもある、大《おお》きな大《おお》きなキャベツなんだよ。」

こぶたはうっとりとためいきをつきました。

「ぼくね、大《おお》よろこびでキャベツにかじりつこうとしたんだけど、そのときぱっと目《め》がさめちゃったんだ。うさぎくんたらいちばんかんじんなときに、ひとのことをおこすんだもんなあ。」

うさぎはきびしい目《め》つきで、こぶたのかおをみつめました。

「よくもまあ、きみはそんなくだらないゆめをみれるものだね。そういうくだらないゆめばかりみているから、ぼくたちどうぶつがにんげんからばかにされるんだ。はずかしいとはおもわないのかい？」

「だってしかたがないよ。ぼく、キャベツがだいすきなんだもん。」

「そんなことといえば、ぼくだってにんじんがだいこうぶつだ。だけどぼくは、にんじんのゆめをみたことなんかいっぺんだってありゃしない。ぼくがみるのは、音楽会《おんがくかい》だとかダンスパーティだとか、そういうじょうとうのゆめばかりなんだぞ。あっそうそう、ちょっとこれをみてごらん。」

うさぎは手《て》にしていたしんぶんをこぶたにわたしました。

そこには、

たぬきのタヌエモン氏《し》

市会《しかい》ぎいんせんきょにとうせん

というニュースが、大《おお》きくのっていました。

こぶたとうさぎの家《いえ》のあるアニマン市《し》は、にんげんとどうぶつとがいっしょになってつくった町《まち》でした。どうぶつたちもいまでは、むかしとはちがって、会社《かいしゃ》につとめたり、お店《みせ》をひらいたりしてくらしていました。

でも、市会《しかい》ぎいんというたいせつなやくめについたどうぶつは、まだ一《いっ》ぴきもいませんでした。

いままでにもせんきょがあるたびに、いろいろなどうぶつがりっこうほをして、えんぜつをしたり、ビラをまいたりしました。しかしやはり、にんげんの力《ちから》のほうがつよく、どのどうぶつもおしいところでらくせんしてしまいました。

ところがこんど、たぬきのタヌエモンさんがはじめて、市会《しかい》ぎいんのせん

市《し》会《かい》ぎいん
たぬきの
タヌエモン

きょにとうせんしたのです。

「どうだいこぶたくん。これでやっと、ぼくたちどうぶつもにんげんとかたをならべることができるようになったんだ。ぼく、もううれしくってさ。こぶたくんだってうれしいだろ?」

「そうだなあ。そういわれてみると、なんとなくうれしいような気《き》もちもするみたいだねえ。」

こぶたはしかたなさそうにへんじをして、ふわーっとあくびをしました。それをみると、うさぎはじれったそうなかおになって、しんぶんをとんとんとたたいてみせました。

「こぶたくんこぶたくん。このタヌエモンさんだけどね、もしもこのタヌエモンさんがキャベツだとかにんじんだとか、そういうくだらないゆめをみていたとしたら、市会《しかい》ぎいんにとうせんできたとおもうかい? もちろんできっこない。だれがなんてったってできっこありゃしない。ではみなさん、いったいなぜタヌエモン氏《し》は、市会《しかい》ぎいんにとうせんできたのでありましょうか?」

きゅうにうさぎのはなしかたが、えんぜつのようなちょうしになりました。

「それは、タヌエモン氏《し》がまいばんまいばん、音楽会《おんがくかい》やダンスパーティのゆめをごらんになっていたからであります。そのようなじょうとうなゆめばかりをごらんになっていたおかげで、市会《しかい》ぎいんにもとうせんすることができたのであります。そこでこぶたくん、きみにひとつおねがいがある。」

「なんだいおねがいって?」

「きみにもぜひ、音楽会《おんがくかい》かダンスパーティのゆめをみてもらいたいんだ。よかったら、こんばんからはじめるとしよう。」

「こんばんから?」

こぶたは、目《め》をぱちくりとさせました。

「むりだよそんなの。きゅうにいわれたって、みれるかどうかわからないもん。」

「だいじょうぶだいじょうぶ。やる気《き》さえあれば、どんなことだってできるんだ。」

「だけどもしもまた、キャベツのゆめをみてしまったら?」

「そんなことになったら、ぼくはきみとぜっこうして、この家《いえ》をでていくつもりだ。」

「えっ、家《いえ》をでていくって?」

「そうとも。キャベツのゆめばかりみているようなくだらないこぶたとは、これいじょういっしょにくらしていたくないんだ。じゃ、ぼくはちょっとすることがあるからしっけいする。」

そういって、うさぎはせかせかとへやをでていってしまいました。

(こまったことになったなあ。いったいどうしたらいいんだろう。)

おひるがすぎ、おやつのじかんがすぎても、こぶたはあいかわらずベッドの上《うえ》にすわりこんだまま、目《め》をぱちくりとさせていました。

(ひとのゆめのことにまで口《くち》をだすなんて、ほんとになんというおせっかいうさぎなんだろう。)

でもおせっかいだろうがなんだろうが、こぶたはうさぎのことがだいすきなのです。もしもうさぎが家《いえ》をでていくようなことになったとしたら、こぶたはわあわあとないてしまうにちがいありません。

気《き》がつくと、あたりはもううすぐらくなっていて、まどからみえる空《そら》のとおくには、いちばん星《ぼし》がきらきらとかがやきはじめていました。

(あっそうだ。)

こぶたはとつぜん、いいことをおもいつきました。

ねむっているあいだにどんなゆめをみたか、それはそのひとにしかわかりません。

ですからあしたの朝《あさ》になったら、

「ゆうべはいわれたとおり、音楽会《おんがくかい》とダンスパーティのゆめをみたよ。」

と、うそをつけばいいのです。

（どうしてもっとはやく、このことに気《き》がつかなかったんだろう。ばかだなあ。）

こぶたはほっとして、くすくすとわらいだしました。

そのとき、うさぎがいせいよくへやへとびこんできました。

「こぶたくん。ぼくもこんばん、このへやでねかせてもらうよ。」

「いいとも。」

「じゃ、ベッドをうつすから、ちょっと手《て》をかしてくれたまえ。」

「ようし。」

ベッドをこぶたのへやへうつしおわると、うさぎはまたそとへとびだしていきました。

うさぎはすぐに、小《ちい》さなはこをかかえて、こぶたのところへもどってきました。

はこには、めもりやスイッチのほかに二本《にほん》のほそいコードがついていました。

いっぽうのコードのはしには、赤《あか》い色《いろ》のせんたくばさみ、もういっぽうのコードのはしには青《あお》い色《いろ》のせんたくばさみがついていました。

うさぎはまず、赤《あか》い色《いろ》のせんたくばさみを、こぶたのまくらにとりつけました。

つぎに、青《あお》い色《いろ》のせんたくばさみを、じぶんのまくらにとりつけました。

こうしてじゅんびがすむと、うさぎはベッドによこになってもうふをひっぱりあげました。

「こぶたくん、きみももうねたまえ。」

「うん。だけどこのはこやせんたくばさみは、いったいなんなんだい？」

「それはね、ひとのゆめをいっしょにみることのできるきかいなんだ。」

まくらの上《うえ》であたまをもぞもぞとさせながら、うさぎがこたえました。

「きみのみているゆめを、そちらの赤《あか》いせんたくばさみがでんぱにかえる。でんぱはコードをつたわって、こちらの青《あお》いせんたくばさみのところまでながれてくる。そのでんぱをうけて、ぼくのあたまがゆめをみるんだ。きみがみているのとおんなじゆめをね。」

「へーえ。」

「もしかしてこぶたくんがうそをつくといけないとおもったものだから、さっきまでかかってやっとつくりあげたんだ。じゃおやすみ。」

うさぎは目《め》をつぶったかとおもうと、すぐにくうくうとねむりこんでしまいました。

(やれやれ、こうなったらなんとしてでも、音楽会《おんがくかい》かダンスパーティのゆめをみなけりゃあ。でも、そんなにうまいぐあいにいくものかなあ。)

こぶたはためいきをつきながらベッドへもぐりこみましたが、しんぱいでしんぱいでなかなかねつかれません。

(そうだ。音楽会《おんがくかい》やダンスパーティのことだけをかんがえていれば、うまくいくかもしれないぞ。)

ところがきょう一日《いちにち》、ごはんをたべるのをわすれていたために、こぶたはもうおなかがぺっこぺこでした。おかげでどれほどがんばってみても、こぶたのあたまのなかには、おいしそうなキャベツのすがたがうかんできてしまうのです。

しかたなしにこぶたは、目《め》をぎゅっとつぶったまま、

「音楽会《おんがくかい》、ダンスパーティ、音楽会《おんがくかい》、ダンスパーティ……。」

と、口《くち》のなかでぶつぶついいはじめました。

「音楽会《おんがくかい》、ダンスパーティ、音楽会《おんがくかい》、ダンスパーティ、むにゃむにゃむにゃ、むにゃむにゃむにゃ……。」

こぶたはとうとう、ごおーっといびきをかきはじめました。

そのとたん、こぶたの目《め》のまえに、ばしゃをひいた一《いっ》とうのうまが、ふわっとまいおりてきました。

うまはこぶたのまえでぴたりととまると、ていねいにおじぎをしました。

「こぶたさまに、こうさぎさま。どうぞ、ばしゃにおのりください。星《ほし》のお

しろへごあんないいたします。」

みると、いつのまにかこぶたのとなりに、うさぎがたっています。

こぶたはめんくらって目《め》をぱちくりとさせました。

「うさぎくん。きみ、いつのまにベッドからぬけだしたんだい？」

「ばかだねえ。ぼくたちはいま、いっしょにおんなじゆめをみているんじゃないか。」

「あっそうか。でも、星《ほし》のおしろってなんだろう。そのおしろのにわにキャベツばたけなんかがあってさ、キャベツのとりいれをてつだわされたりしたら、ぼくこまっちゃうもんなあ。」

「なにいってんだい。さ、いこういこう。」

ふたりがばしゃにのりこむと、うまはまた、ふわっと空《そら》へまいあがりました。

そのまま空《そら》をぐんぐんとはしりつづけていくうち、やがてくものあいだに、かぞえきれないほどの星《ほし》をちりばめた、りっぱなおしろがみえてきました。

「これはこれは、とおいところをようこそおいでくだされた。」

ばしゃがとまるのといっしょに、マントをきた星《ほし》の王《おう》さまが、おしろのなかからでてきました。

「こよいは星《ほし》のおしろの音楽会《おんがくかい》。ダンスパーティもございまする。さあさ、大《おお》ひろまのほうへおこしくだされい。」

「なあんだ、そうだったのか。」

こぶたは、よろこんでとびあがりました。

「うさぎくん、ぼくたちはいま、音楽会《おんがくかい》のゆめとダンスパーティのゆめをりょうほういっぺんにみているんだぜ。こんなにうまくいくとはおもわなかったけどなあ。」

「だからいっただろう。ちょっとどりょくをすれば、できないことなんかないって。」

うさぎはまんぞくそうにはなをぴくぴくとさせました。

そのようすをみて、星《ほし》の王《おう》さまもうれしそうににかにかとわらいました。

「さあて、それではそろそろとりかかるといたしましょうかな。それ、音楽《おんがく》はじめえ。」

パンパカパンパンパーン。

ラッパの音《おと》をあいずに、あたりがぱっとあかるくなりました。

そのとたん、こぶたはあぶなくこしをぬかしそうになりました。

だってまあ、なんということでしょう。おしろの大《おお》ひろまでは、りっぱなようふくをきこんだキャベツたちが、キャベツのオーケストラにあわせて、どってこどってことダンスをしていたのです。

つぎの朝《あさ》、こぶたとうさぎが目《め》をさましたときには、まどのそとは、もうすっかりあかるくなっていました。

こぶたはどうしていいやらわからないものですから、もうふをかぶったまま、しきりにもじもじとしていました。

うさぎは、こぶたのかおをじろりとひとにらみすると、だまったままへやをでていってしまいました。

すぐに、うさぎのかおをあらう音《おと》が、じゃぶじゃぶときこえてきました。つづいて、朝《あさ》ごはんのしたくをする音《おと》が、ことことときこえてきました。

(はは あ。このようすでは、うさぎくん、ほんとうに家《いえ》をでていくつもりはなさそうだな。)

ほっとしたのといっしょにぺこぺこになっていたこぶたのおなかが、ぐーっと大《おお》きな音《おと》をたてました。

こぶたはかおもあらわないでテーブルのまえにすわると、まるのままのキャベツをばりばりとかじりだしました。

「こぶたくん。」

トーストをのせたおさらや、コーヒーカップをテーブルにはこびながら、うさぎがにがにがしそうに声《こえ》をかけました。

「あんなゆめをみたあとで、よくもまあ、ばりばりとキャベツをたべられるもんだね。ダンスパーティのゆめのなかにまでキャベツがでてくるんだから、まったくはなしにもなんにもなりゃしない。」

「しかたないよ。さいしょから、そんなにうまくいくはずがないもの。」

「なにいってんだい。きのうもいったとおり、ぼくなんかうまれてからこっち、にんじんのゆめをみたことなんていっぺんもないんだぞ。」

うさぎはトーストをひとくちかじってから、すーっとコーヒーをすすりました。

「そりゃあ、ぼくだってこれまたきのうもいったとおり、にんじんがだいすきさ。でも、にんじんばかりかじっていたんじゃ、とうていにんげんとかたをならべることなんかできっこない。そうおもって、朝《あさ》もひるもばんも、こうしてトーストばっかりたべているんだ。きみもぼくのことをみならって、もうすこしちゃんとしたゆめをみるようにどりょくしてみたらどうなのさ。」

「そうだ。」

こぶたが、ぱっとかおをかがやかしました。

「ね、うさぎくん。こんばん、きみのゆめをいっしょにみさせてくれないかな。」

「えっ。」

うさぎはどきりとしたようにこぶたのかおをみました。

「ぼくのゆめをみてどうしようというんだい？」

「だってそうすれば、どういうのがじょうとうのゆめかってことがわかるだろ。ぼくにはまだ、どんなゆめをみればいいのか、よくわかっていないんだもの。」

「なあるほど。」

うさぎはどうしたわけか、きゅうにおちつかないようすになって、へやのなかをそわそわとあるきまわりはじめました。

しばらくしてうさぎはようやく、こくんとうなずきました。

「ようし、そうするか。でも、なんのゆめにしよう。」

「なんでもいいさ。」

「もういちど音楽会《おんがくかい》かダンスパーティでもいいんだけど、ぼくはもう、そんなゆめはあきるほどみてしまったからなあ。そうだ、たからさがしのゆめなんかはどうだい？」

「いいよ。」

「じゃきまった。なあにね、たからさがしのゆめだって、まえにもう二《に》どほどみたことがあるのさ。でも、もう一《いっ》かいくらいかまわないや。ようし、こんばんはぜったい、たからさがしのゆめをみてみせるから、たのしみにしていたまえ。」


ところがみなさん、ほんとうのことをいうと、うさぎはたからさがしのゆめどころか、音楽会《おんがくかい》やダンスパーティのゆめだっていちどもみたことがないのです。

やせがまんをしてだいすきなにんじんをたべないせいもあって、まいばん

まいばん、にんじんのゆめばかりみているのです。

うさぎは、こぶたにじぶんのことをえらくみせようとおもって、うそをついてしまったのです。

（うそなんかつかなければよかったなあ。）

でも、こうなったらなんとかして、たからさがしのゆめをみなければなりません。こんばんまた、にんじんのゆめをみたりしたら、こぶたにわらわれるにきまっています。

しかし、いったいどうすればたからさがしのゆめをみることができるのでしょう。

（そうだ、おいしゃさんはどうだろう。おいしゃさんのところへいって、『たからさがしのゆめをみることのできるくすりはありませんか。』ってきいてみるんだ。）

さっそくうさぎは家《いえ》をとびだすと、ちかくにある、にんげんのおいしゃさんの家《いえ》へはしっていきました。

ところが、入《い》り口《ぐち》のドアのまえまできたとき、うさぎはぴたりとたちどまってしまいました。

(なになに、『たからさがしのゆめをみることのできるくすり』だって?

やれやれ、なんてばかげたことをかんがえるうさぎだろう。まったく、どうぶつというのはこれだからこまる。)

そんなぐあいに、にんげんのおいしゃさんからわらわれてしまいそうな気《き》がしたのです。

(しかたがない。こんどだけは、どうぶつのおいしゃでがまんするとしよう。)

うさぎはそうかんがえて、すこしはなれたところにある、きつねのおいしゃさんの家《いえ》へはしっていきました。

はなしをきいたきつねのおいしゃさんは、

「コーン。」

と、へんな声《こえ》をだしました。そしてちょっとのあいだ、だまったまま、うさぎのかおをじろじろとながめていました。

きつねのおいしゃさんだってやっぱり、

（へんなことをたのみにくるうさぎだなあ。）

と、あきれかえっていたのです。

しばらくするときつねのおいしゃさんは、ちゅうしゃきをもって、うさぎのところへもどってきました。

「これはいま、いろいろなくすりをまぜあわせて、ためしにつくってみたものだ。きくかどうかはわからないけど、とにかくうっといてあげよう。コンコンのコン。はい、これでよろしい。」

「ありがとうございます。ありがとうございます。」

うさぎはぺこぺことおじぎをすると、大《おお》いそぎでそとへとびだしました。

ところがいくらもいかないうちに、うさぎはまた、しんぱいでたまらなくなりました。

そのとき、むこうのほうからたぬきのタヌエモンさんがあるいてきました。

タヌエモンさんはうさぎに気《き》がつくと、大《おお》よろこびで声《こえ》をかけました。

「やあやあ、うさぎさん、このたびは、いろいろとありがとう。はっはっは。これもひとえにみなさまのおかげです。はっはっは。いや、めでたいめでたい。」

「えっ、なんですか。あなたはいったい、どなたです？」

「いやだなあ、わすれたりして。タヌエモンじゃありませんか。ほら、このたびめでたく市会《しかい》ぎいんせんきょにとうせんした、たぬきのタヌエモンで

すよ。」

「あっそうそう。タヌエモンさんでしたっけ。あなた、きつねのおいしゃさんをごぞんじですか？」

「しってますしってます。」

「あの先生《せんせい》のちゅうしゃはきくでしょうか、きかないでしょうか。どうでしょう？」

「そりゃあきくでしょう。なにしろあの先生《せんせい》は、わたしにとうひょうしてくださいましたからなあ。はっはっは。」

「ふーん？　ぼくにはどうも、きくとはおもえないんだけど。それじゃ、きつねのおいしゃさんとにんげんのおいしゃさんとでは、どっちがじょうずだとおもいます？」

「さあ、わたしもよくはしりません。でも、ひょうばんなら、あちらこちらできいてますけどね。きつねの先生《せんせい》のほうが、じょうずでしんせつだって。」

「なあんですって。」

うさぎはかんかんにはらをたてて、ぴょーんととびあがりました。

「にんげんよりどうぶつのほうがじょうずですって？　ちぇっ、ばかな。いまのところはまだ、にんげんのほうがずっとえらいにきまってるじゃありませんか。そんなことで、よくも市会《しかい》ぎいんだなどといっていられますね。ちょっ。ぷっ。」

タヌエモンさんはすっかりめんくらって、ぽかんとしています。

うさぎはかまわずに、ぷりぷりとしながら家《いえ》へもどってきました。

こうしてまた、夜《よる》になりました。

ゆめのきかいのせんたくばさみをおたがいのまくらにとりつけて、うさぎとこぶたは、ベッドにもぐりこみました。

こぶたのほうは、こんばんはじぶんでゆめをみなくてもいいのですから、気《き》がらくです。まくらにあたまをつけたかとおもうと、たちまちくうくうとねむりこんでしまいました。

でもうさぎのほうは、もうとっくのむかしに、

(きつねのおいしゃのちゅうしゃなんか、ぜったいにききっこない。)

と、きめてしまっていました。

ちゅうしゃがきかないとなると、こんばんもまた、にんじんのゆめをみるにきまっています。

(そうだ。ゆめは、ねむっているあいだに、みるものだっけ。ねむらずにいれば、ゆめをみなくてもすむわけだ。ようし、こんばんはなんとかがんばってねむらずにいるとしよう。)

うさぎは目《め》をできるだけ大《おお》きくひらいて、しきりにぎょろぎょろとさせま

した。

はをぎゅっとくいしばったり、ひげをびりびりとさせたりもしました。

でもだめです。

しだいしだいに目《め》がとろーんとしてきて、うさぎはとうとう、くうーっとねむりこんでしまいました。

そのとたん、しおからいなみのしぶきが、ぺちゃっとうさぎのかおにかかってきました。

びっくりして目《め》をあけてみると、うさぎはいつのまにか、ふねのかんぱんの上《うえ》にたっていました。

ふねはまっしろなほにいっぱいの風《かぜ》をうけ、青《あお》い海《うみ》をすべるようにすすんでいくところでした。

そのとき、そばにあるせんしつのドアがひらいて、こぶたがでてきました。

こぶたはうさぎをみて、目《め》をぱちくりとさせました。

だって、うさぎったらいつのまにか、かたほうの目《め》に黒《くろ》いがんたいをかけ、こしには大《おお》きなナイフをぶらさげたりしているのです。

「うさぎくん。なんだい、そのかっこうは？」

「ふふん。きみだってあたまをまっかなハンカチでしばったりして、なかなかいさましいじゃないか。」

「あっほんとだ。どうしたんだろう。」

「どうしたもこうしたもないさ。ぼくたちはいま、かいぞくになって、たからさがしにいくゆめをみているんだ。きつねのおいしゃさんも、あれでなかなかたいしたものなんだなあ。」

「えっ、おいしゃさん？」

「いやいやいや、なんでもない。」

うさぎはあわててごまかすと、手《て》にもっていたかみをかさかさとひろげました。

こぶたがのぞきこんでみると、それはドクロのマークのついた地図《ちず》でした。

「わかった。これはたから島《じま》の地図《ちず》だね。」

「うん。でもたから島《じま》はどこにあるんだろう。」

ところがあたりをみまわしてみると、これまたふしぎ。いつのまにかふねのゆくてに、島《しま》がひとつ、ぽっかりとうかんでいたのです。

おまけに島《しま》のかいがんには、

『ここがたから島《じま》です』

とかいたかんばんまでたっているではありませんか。

よろこんだふたりは、シャベルをかついでボートにのりうつると、たから島《じま》にじょうりくしました。

こぶたとうさぎはそのあと、いろいろとふしぎなことや、きけんなことにであいながらたから島《じま》のたんけんをつづけたのです。

でもざんねんなことに、いまはそのおはなしをしているひまがありません。とにかくふたりは地図《ちず》をたよりにやっとのことで、たからのうまっているところへたどりつきました。

めじるしの石《いし》をみつけて、そばの地《じ》めんをシャベルでぐんぐんほっていくとやがてあなのそこから、はこがひとつ、かおをのぞかせました。

「どうかね、こぶたくん。」

うさぎはとくいそうに、はなをぴくぴくとさせました。

「ゆめというのは、こういうぐあいにみるものなんだ。おまけにこのたからもののおかげで、ぼくたちはたいへんなお金《かね》もちになれるんだぜ。きみはいったい、このはこのなかに、どんなものがはいっているとおもう?」

「そうだなあ。ダイヤモンドなんかがはいっているかもしれないね。」

「うん、ダイヤモンドのくびかざり。それに、きんとぎんでできた、ローソクたてだ。さあて、それじゃひとつ、たからものをはいけんするとしよう。」

うさぎはとくいそうにはなをぴくぴくとさせながら、ぱっとはこのふたをあけました。

そのとたん、うさぎはおもわずぺたんとしりもちをついてしまいました。

なんとまあはこのなかには、ぴかぴかとひかるにんじんが、ぎっしりとつまっていたのです。

うさぎはしばらくのあいだ、ものもいわずにはこのなかのにんじんをながめていました。

きゅうにうさぎは、ちらりとこぶたのほうへ目《め》をやりました。

そしておたがいの目《め》があったとたん、うさぎはかおをまっかにしたかとおもうと、ころがるようにしてこぶたのそばをにげだしました。

「あれっ、どうしたんだろう。おーいうさぎくん、どこへいくんだよう。」

大声《おおごえ》でさけんだとたん、こぶたはじぶんの声《こえ》におどろいて、ぱっと目《め》をさましました。


まどのそとは、きのうとおなじように、すっかりあかるくなっていました。

でも、どうしたことか、となりのベッドにうさぎのすがたがみえません。

こぶたはしんぱいになって、ようすをみにいってみました。

うさぎはじぶんのへやで、みのまわりのものを、せかせかとかばんのなかにつめこんでいました。

「うさぎくん、にづくりなんかしてどうするんだ。」

「きまってるじゃないか。ぼくは、この家《いえ》からでていくのさ。」

「えっ、でていくって？　どうしてさ。どうしてでていかなければならないんだい？」

「ふん、わからないはずがあるもんか。」

うさぎがいらいらとしながらいいました。

「ぼくはうそつきでおせっかいやきで、おまけににんげんのことばかり気《き》にしているけちくさいうさぎなんだ。そんなけちくさいうさぎとくらしていると、きみまでけちくさくなってしまう。だから、ぼくはどうしたってでていかなければならないんだ。」

「おやおや、なにをいってるんだかさっぱりわかりゃしない。ほんとにきみは、へんなうさぎだねえ。」

こぶたはおかしそうにわらいだしました。

「ふん、わらえわらえ。どうせぼくは、うそつきうさぎだ。わらわれなかったらふしぎなくらいさ。」

「ぼくは、きみがうそつきだとしても、なんともおもやしない。でていかないでくれるとうれしいんだけどな。」

「きみがなんともおもわなくたってぼくはいやなんだ。さあ、いいかげんにぼくのことはほうっておいてくれ。」

そんなつよがりをいいましたが、ほんとうをいうと、うさぎはこの家《いえ》をでていきたいなどとは、すこしもおもっていなかったのです。うさぎだってやはり、のんびりとしたこぶたのことがだいすきだったのです。

もしもういちどこぶたがとめにきてくれたとしたら、

「しかたがない。それじゃのこってやるとするか。」

とかなんとかいいながら、うさぎはでていくのをやめてしまったにちがいありません。

でもこぶたは、それっきりうさぎのへやにはもどってきませんでした。

(こぶたくんがおこるのも、むりはない。でももういちど、とめにきてくれたらなあ。)

うさぎはしばらくのあいだ、ようじもないのにへやのなかをうろうろとしていました。それからとうとうあきらめてかばんを手《て》にすると、しょんぼりと家《いえ》のそとへでていきました。

門《もん》をとおりぬけたところで、うさぎはもういちど、家《いえ》のほうをふりかえりました。

こぶたとくらしていたあいだのたのしいおもいでが、つぎからつぎへとあたまのなかにうかんできました。

(こぶたくんとのすてきなくらしをじぶんからぶちこわしてしまうなんて、ぼくはほんとうに、なんというばかなうさぎなんだろう。)

うさぎは、あぶなくなきだしそうになりました。

そのとき、だれかがうしろから、とんとんとうさぎのかたをたたきました。

びっくりしてふりかえってみると、なんとまあ、こぶたがにこにことしながらたっているではありませんか。

「こぶたくん。こんなところでなにをしているんだ。」

「なあに、ぼくもちょっとたびをしたくなったものだからね、きみといっしょにいこうとおもってまっていたんだ。どうだろう、いっしょにいってもかまわないかい？」

「そうだなあ。」

ほんとうはうれしくてうれしくてたまらないくせに、うさぎはわざとむずかしいかおをしてみせました。

「しかたがない。いっしょにきたいっていうのなら、くればいいだろう。」

「ようし。じゃいこう。」

こぶたはそばにおいてあったリュックサックに手《て》をかけました。それがまた、こぶたのからだくらいもある、大《おお》きな大《おお》きなリュックサックなのです。

「なんとまあ、ばかでかいリュックをひっぱりだしてきたものだなあ。いったい、なにがはいっているんだい?」

「だって、たびにでると、おなかがへるだろうとおもってさ。」

「どれどれ、ちょっとみせてみな。」

そういってリュックサックをのぞきこんだとたん、うさぎもおもわず、

「ふふふふふ。」

と、わらいだしてしまいました。

リュックサックのなかには、かぞえきれないほどのキャベツとにんじんが、ぎっしりとつめこまれていたのです。

たぬきのイソップ

あるばん、わたしは山《やま》のたぬきの家《いえ》へあそびにいきました。

たぬきはつくえにむかって、『イソップものがたり』をよんでいました。

わたしはびっくりして、

「おやおや、たぬきさんも『イソップものがたり』なんかをよむんですねえ。」

といいました。

たぬきは、

「そりゃあぼくだって、このくらいの本《ほん》はよむさ。」

といいながら、わたしのむかいのいすにこしをおろすと、

「ぼくも、ひとつふたつイソップをかんがえた。きいてくれたまえ。」

といって、こんなお話《はなし》をきかせてくれました。

＊

こぶたとうさぎのハイキング

ある日《ひ》、こぶたとうさぎがのはらにハイキングにでかけました。

ところが、のはらへついたとたん、ふたりは道《みち》にまよってしまいました。

こぶたはおどろいて、

「いま、ぼくたちはどこにいるんだろう。それさえわかれば家《いえ》へかえれるのに。」

といいながら、

「しくしくしくしく。」

となきだしました。

するとうさぎが、

「なくななくな。こんなこともあろうかとおもって、ぼくは地図《ちず》をもってきた。これをみれば、ぼくたちがいまどこにいるのか、すぐにわかる。」

といいました。

こぶたはよろこんで、

「みせてくれたまえ。」

といって、地図《ちず》をかりると、

「えーと、うさぎがぼくの家《いえ》までむかえにきてくれて、それからふたりでこの道《みち》をとおってきたんだっけな。それから、このはしをわたって、このかどをまがったんだっけな。」

といいながら、しばらく地図《ちず》をしらべていましたが、きゅうに、

「わかったあ。」

といって、とおくの山《やま》をゆびさすと、

「ぼくたちはいま、あの山《やま》のてっぺんにいるんだ。」

といいました。

「あはははは。」

と、うさぎがわらいました。

こぶたがおこって、

「うさぎうさぎ、どうしてわらったりするんだ。そういうのはばかにされているようで、とてもいやなんだ。」

というと、うさぎは、

「だって、ぼくたちが山《やま》のてっぺんなんかにいるはずがないだろう。」

といいました。

そしてうさぎは、

「かんがえてもみたまえ。あんなたかい山《やま》のてっぺんにのぼっているとしたら、ぼくたちはへとへとにつかれきって、いきが、『はっはっ。』としているはずだ。それに、あんなたかい山《やま》のてっぺんにのぼっているとしたら、ぼくたちはうれしくてうれしくて、『やっほー。』とさけびたい気《き》もちになっているはずだ。」

といって、

「ところが、ぼくたちはいま、いきが、『はっはっ。』としてもいないし、『やっほー。』とさけびたい気《き》もちにもなっていない。それなのにどうしてぼくたちが、あの山《やま》のてっぺんにいるなんていえるんだい。」

といいました。

そしてうさぎは、

「かしたまえ。きみには、地図《ちず》の見《み》かたというものが、まるでわかっていないのだ。」

といって、地図《ちず》をとりかえすと、

「えーと、ぼくがきみを家《いえ》までむかえにいって、それからふたりでこの道《みち》をとおってきたんだよね。それから、このはしをわたって、このかどをまがって、あるいてきたんだよね。」

といいながら、しばらく地図《ちず》をながめていましたが、きゅうに、

「わかった。」

といって、とおくの森《もり》をゆびさすと、

「ぼくたちはいま、あの森《もり》のなかにいるのだ。」

といいました。

こぶたはよろこんで、

「なあんだ、そうだったのか。いるところがわかってよかったねえ。」

といいました。

でも、こぶたはすぐに、目《め》を、
　ぱちぱち
とさせながら、
「だけど、森《もり》のなかにいるぼくたちが、どうしていま、のはらにいるんだろう。だって、ぼくたちがいまいるところは、どうしたって、のはらにしかみえないもの。」
といいました。
　うさぎもびっくりして、
「そういえば、そうだねえ。」
といいながら、目《め》を、
　ぱちぱち
とさせました。

でも、すぐにうさぎは、目《め》を、
　ぱちぱち
とさせるのをやめると、

「おもうに。」

といって、

「ぼくたちはハイキングでつかれたものだから、いま、あの森《もり》のなかでひるねをしているのにちがいない。ねながら、のはらで道《みち》にまよったゆめをみているのだ。」

といいました。

　こぶたはたいへんおどろいて、

「そうか。ぼくたちはいま、あの森《もり》のなかでひるねをしているところなのか。そうとはしらなかった。」

といって、

「だったら、ここにいるぼくたちは、ぼくたちのゆめのなかにいるぼくたちということになるじゃないか。ぼくたちはいったい、どうすればいいんだい。」

といいました。

そこで、うさぎが、

「森《もり》へいって、ねむっているぼくたちをおこせばいいのだ。そうすれば、ここにいるぼくたちはきえてしまうはずだから。」

というと、こぶたも、

「うん、それはいいかんがえだ。どうかんがえても、そうするよりしかたがないようだ。」

と、さんせいをしました。

うさぎとこぶたは、

「とことことことこ。」

とのはらをよこぎって、森《もり》のなかへはいりこむと、ひるねをしているじぶんたちをさがしはじめました。

でも、どんなにさがしても、ひるねをしているじぶんたちはみつかりませんでした。

「きっと、おおかみがやってきて、ひるねをしているぼくたちをたべてしまったんだ。」

と、こぶたはなきそうな声《こえ》でいいました。

「ひるねをしているぼくたちは、目《め》をさまさないうちにたべられて、たべられてしまってからも、まだ目《め》をさまさずにいるのだ。」

と、うさぎもなきそうな声《こえ》でいいました。

「おおかみにたべられてしまったぼくたちは、おおかみのおなかのなかで、まだ、ゆめをみつづけているんだね。だから、ゆめのなかのぼくたちが、まだ、ここにいるんだね。」

と、こぶたはまえよりも、もっともっとなきそうな声《こえ》でいいました。

「そうだ。ぼくたちはあまりきゅうにたべられてしまったものだから、たべられたこともしらずに、いまでもまだ、おおかみのおなかのなかで、ねむりつづけているのだ。そして、おおかみにたべられてしまったぼくたちは、いま、おおかみのおなかのなかで、ぼくたちをさがすぼくたちのゆめをみているのだ。」

と、うさぎもまえよりも、もっともっとなきそうな声《こえ》でいいました。

そして、こぶたとうさぎは、

「これはまた、へんなハイキングになってしまったものだ。」

といって、

「わーっ。」

となきだすと、なきながら家《いえ》へかえっていったということです。

「地図《ちず》があっても、見《み》かたをしらなければ、なんのやくにもたたん。見《み》かたをしらないものが、地図《ちず》をもつと、かえってやっかいなことになる。それがこのお話《はなし》の眼目《がんもく》さ。」

と、さいごにたぬきがつけくわえました。

「眼目《がんもく》とはなんですか。」

と、わたしがたずねると、たぬきは、

「眼目《がんもく》とは、『いちばんたいせつなところ』ということだ。」

とおしえてくれました。

そしてたぬきは、

「それじゃもうひとつ、べつのお話《はなし》をしてあげよう。」

といって、こんなお話《はなし》をきかせてくれました。

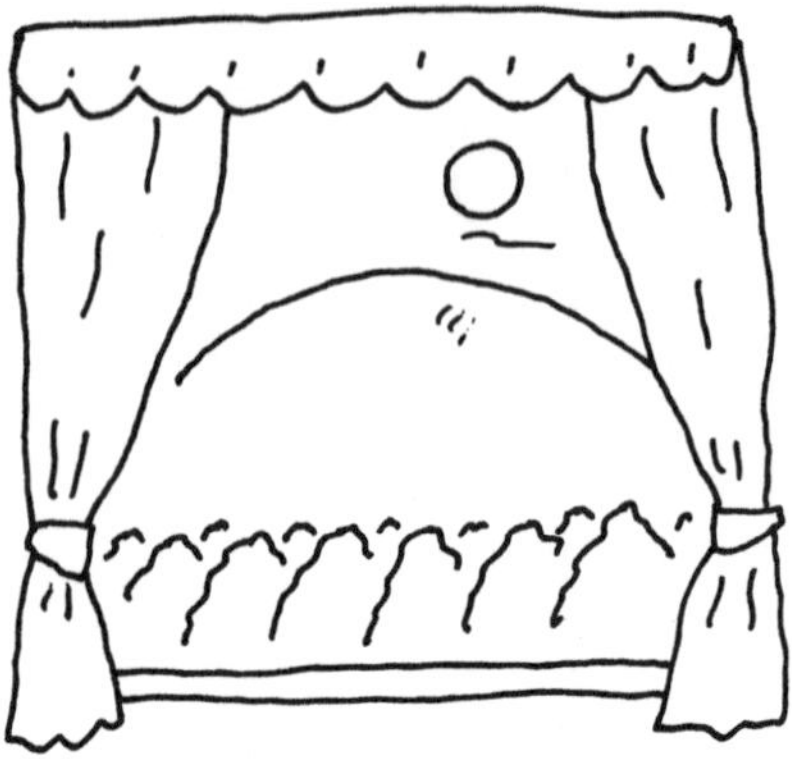

こぶたとばくだんこぶた

あるところに、五《ご》ひきのこぶたがすんでいました。
ある日《ひ》、そのうちの四《よん》ひきが、くわをふるって、

くわたんくわたんくわたんくわたん

と、はたけをたがやしていると、家《いえ》でるすばんをしていたのこりの一《いっ》ぴきが、

ぴょこたんぴょこたんぴょこたん

とかけてきて、

「たいへんだたいへんだ。みんなのるすのあいだに、ぼくたちの家《いえ》のとなりにべつの家《いえ》がたって、おおかみがひっこしてきたぞ。」

といいました。

こぶたたちはおどろいて、

「どうしよう。ぼくたち、おおかみにつかまってたべられてしまうかもしれないね。」

といいながら、

「おいおい、おいおい。」

となきだしました。

そのうち、一《いっ》ぴきのこぶたがハンカチで、
ごしごし
となみだをふきながら、

「しかたがないから、どこかへひっこそうか。」

といいました。

「ひっこすのはまだはやい。」

と、べつの一《いっ》ぴきがいいました。

「もしかしたら、いいおおかみかもしれない。」

と、一《いっ》ぴきがいいました。

「でも、わるいおおかみだったらたいへんだ。」

と、一《いっ》ぴきがいいました。

「いいおおかみか、わるいおおかみか、ぼくたちのうちのだれかがたしかめにいくことにしたら。」

と、一《いっ》ぴきがいいました。

「でも、わるいおおかみだったら、そのだれかはたべられてしまう。」

と、一《いっ》ぴきがいいました。

こぶたたちはこまって、かんがえこみました。

すると、一《いっ》ぴきのこぶたが、

ぴょん
ととびあがって、
「きつねさんにたのんで、かおもすがたもぼくたちにそっくりの、にせもの
こぶたをつくってもらったらどうだろう。そのこぶたに、いいおおかみか
わるいおおかみかをたしかめにいってもらうんだ。」
といいました。
「ついでに、そのにせもののこぶたのおなかに、ばくだんをしかけてもらうと
いい。」
と、べつの一《いっ》ぴきがいいました。
「もしも、おおかみがわるいおおかみで、そのばくだんこぶたをたべようと
したら。」
と、一《いっ》ぴきがいうと、

「おなかのばくだんがはれつして。」

と、べつの一《いっ》ぴきがいって、

「おおかみはこなごなになってしまう。」

と、もう一《いっ》ぴきがいいました。

「あはははは。」

と、こぶたたちは声《こえ》をそろえてわらいました。

そして、五《ご》ひきのこぶたは、
ぴょこたんぴょこたんぴょこたん
と、きつねの家《いえ》へはしっていくと、

「きつねさんきつねさん。かおもすがたもぼくたちにそっくりで、おなかにばくだんをしかけたにせもののこぶたをつくってください。」

とたのみました。

きつねは、

「えっ。」

といって、目《め》を、
ぱちぱち
とさせました。

でも、このきつねは、たいへんに気《き》のいいきつねでしたから、すぐにちゅうもんどおりのばくだんこぶたをつくってくれました。

こぶたたちは、

「どうもありがとう。」

と、きつねにおれいをいうと、ばくだんこぶたにむかって、

「きみきみ、ちょっとおおかみの家《いえ》へいってきてくれたまえ。」

といいました。

ばくだんこぶたは、

「はい。」

といって、
　とことことことこ
と、おおかみの家《いえ》のほうへあるいていきました。

五《ご》ひきのこぶたは木《き》のかげにかくれて、

「いまちょうど、おおかみがばくだんこぶたにかみつこうとしているところかもしれないぞ。」

といったり、

「そんなことをしたら、おなかのばくだんがはれつするんだぞ。」

といったり、

「ばくだんがはれつしたら、『どーん。』という音《おと》がするから、すぐにわかるぞ。」

といったりしながら、

「どうなることか。」

と、ようすをうかがっていました。

すると、だいぶたってから、ばくだんこぶたが、

とことことことこ

ともどってきました。

こぶたたちは、すぐにばくだんこぶたをとりかこみました。

そして、声《こえ》をそろえて、

「おおかみは、どんなだったかい。」

とたずねると、ばくだんこぶたは、

「おおかみさんはぼくをみると、『よくきた、よくきた。』といって、おまん

じゅうとおせんべいをごちそうしてくれました。そしておおかみさんは、ぼくにいろんなお話《はなし》をしてくれました。」

といいました。

こぶたたちがまた、

「おおかみはきみにかみつこうとしやしなかったかい。」

とたずねると、ばくだんこぶたは、

「いいえ。」

と首《くび》をふって、

「すこしもそんなことはありませんでした。」

といいました。

こぶたたちはよろこんで、

「わーいわーい、おおかみはいいおおかみだったんだ。ぼくたち、ひっこしをしなくてもだいじょうぶなんだ。」
といいながら、手《て》をつないでわになると、
ぐるぐるぐるぐる
とおどりはじめました。
ばくだんこぶたもなかまにはいって、みんなといっしょに、
ぐるぐるぐるぐる
とおどりました。
おかげで、おどりがおわったときには、どれがばくだんこぶたなのか、わからなくなってしまいました。
こぶたたちはこまって、
「ばくだんこぶたくんはどこですか。へんじをしてください。」
といいましたが、だれもへんじをしませんでした。

「もういちどいいます。ばくだんくんはどこですか。『はーい。』といって、手《て》をあげてください。」

といいましたが、だれも手《て》をあげませんでした。

「こまったぞ、きっとばくだんくんはおどっているうちにじぶんがばくだんこぶただ、ということをわすれてしまったんだ。」

と、一《いち》ばんめのこぶたがいいました。

「そしてばくだんくんは、じぶんがほんとうのこぶただっておもいこんでしまったんだ。」

と、二《に》ばんめのこぶたがいいました。

「もしかすると、きみがばくだんこぶたかもしれないぞ。」

と、三《さん》ばんめのこぶたがいいました。

「そういうきみがばくだんこぶたかもしれないね。」

と、四《よん》ばんめのこぶたがいうと、

「とにかくぼくたち、ころばないように気《き》をつけなけりゃあ。ころんだりするとおなかのばくだんがはれつする。」

と、五《ご》ばんめのこぶたがいって、

「そうしたらぼくたち、こなごなになってしまう。」

と、さいごのこぶたがいいました。

でもこんどは、だれひとりとしてわらったりはしなかったということです。

「とかく、きつねはさわぎのもと。このお話《はなし》の眼目《がんもく》はそこにある。」

と、たぬきはさいごにつけくわえました。

「そうでしょうか。このお話《はなし》の眼目《がんもく》は、もっとほかのところにあるようにおもいますけど。」

と、わたしははんたいをしました。

でも、たぬきはそんなことにはかまわず、

「それでは、もうひとつだけきかせるとしようかな。」

といって、さいごのお話《はなし》をはじめました。

かくれすぎたうさぎ

七《なな》ひきのうさぎが、とうさんうさぎとかあさんうさぎといっしょにすんでいました。

とうさんうさぎはまい日《にち》会社《かいしゃ》へはたらきに、かあさんうさぎはまい日《にち》家《いえ》にいて、

じゃぶじゃぶじゃぶじゃぶ

と、せんたくきでせんたくをしていました。

ところがある日《ひ》、かあさんうさぎがとおくの町《まち》までおつかいにいくことになりました。

かあさんうさぎはでかけるまえに、

「いいことみんな。おかあさんがいないあいだは、だれがたずねてきても家《いえ》のなかへいれてはいけませんよ。おおかみさんが、だれかほかのひとのすがたにばけて、みんなをさらいにくるかもしれませんからね。」

といいきかせました。

うさぎたちは、

「はーい。」

とへんじをしました。

そして、かあさんうさぎがでていったあとすぐに、ドアとまどとになかからしっかりとかぎをかけました。

しばらくすると、おとなりにすんでいるめんどりのおばさんが、うさぎの家《いえ》へやってきました。

めんどりのおばさんは、ドアを、

こんこん
とたたきながら、

「うさぎさんうさぎさん、すみませんけど、おさとうをちょっぴりかしてください な。」

と声《こえ》をかけました。

「だれですかあ。」

と、なかからうさぎたちの声《こえ》がしました。

「おとなりのめんどりよ。」

と、めんどりのおばさんがこたえました。

「なあんだ、めんどりさんかあ。」

といって、一《いっ》ぴきのうさぎがドアをあけにいこうとしました。

するとほかのうさぎたちが、

「まてっ。」

と、そのうさぎをとめて、

「ドアはあけないほうがいいぞ。おおかみがめんどりにばけて、ぼくたちのことをさらいにきたのかもしれないぞ。」

といいました。

家《いえ》のなかは、
しーん
となりました。

しかたなしにめんどりのおばさんは、

「へんねえ、へんねえ。」

といいながら、じぶんの家《いえ》へかえっていってしまいました。

それからまたしばらくすると、こんどはうらにすんでいるねずみのおばさんが、うさぎの家《いえ》へやってきました。

　ねずみのおばさんはドアを、
　　とんとん
とたたきながら、

「うさぎさんうさぎさん、かいらんばんですよ。」

と声《こえ》をかけました。

「だれですかあ。」

と、なかからうさぎたちの声《こえ》がしました。

「うらのねずみですわ。」

と、ねずみのおばさんがこたえました。

「なあんだ、ねずみさんかあ。」

といって、一《いっ》ぴきのうさぎがドアをあけにいこうとしました。

すると、ほかのうさぎたちが、

「まてまてっ。」

と、そのうさぎをとめて、

「ドアはあけないほうがいいぞ。おおかみがねずみにばけて、ぼくたちのことをさらいにきたのかもしれないぞ。」

といいました。

家《いえ》のなかはまた、
しーん
となりました。

しかたなしにねずみのおばさんは、

「ふしぎねえ、ふしぎねえ。」

といいながら、じぶんの家《いえ》へかえっていってしまいました。

それからまたしばらくすると、おむかいにすんでいるとかげのおばさんが、ドーナッツを山《やま》もりにしたおさらをもって、うさぎの家《いえ》へやってきました。

とかげのおばさんはおさらをもっていて手《て》がつかえなかったものですから、しっぽで、
ぱたぱた
とドアをたたきながら、

「うさぎさんうさぎさん、うちでつくったドーナッツをもってきましたの。すこしですけど、みなさんでめしあがってくださいな。」

と声《こえ》をかけました。

「だれですかあ。」

と、なかからうさぎたちの声《こえ》がしました。

「おむかいのとかげですわ。」

と、とかげのおばさんがこたえました。
「なあんだ、とかげさんかあ。」
といって、一《いっ》ぴきのうさぎがドアをあけにいこうとしました。
するとほかのうさぎたちが、
「まてまてまてっ。」
と、そのうさぎをとめて、
「ドアはあけないほうがいいぞ。おおかみがとかげにばけて、ぼくたちのこ
とをさらいにきたのかもしれないぞ。」
といいました。
家《いえ》のなかはまた、
しーん
となりました。

しかたなしに、とかげのおばさんは、

「どーなってるのかしら、どーなってるのかしら。」

といいながら、ドーナッツのおさらをもったまま、じぶんの家《いえ》へかえっていってしまいました。

それからまた、しばらくすると、とうさんうさぎが会社《かいしゃ》からもどってきました。

とうさんうさぎは、

「おーい、いまかえったぞ。はやくあけないかあ。」

といいながら、ドアを、
どんどんどん
とたたきました。

「だれですかあ。」

と、なかからうさぎたちの声《こえ》がしました。

「おとうさんだ、おとうさんだ。きみたちのおとうさんのとうさんうさぎだぞ。」

と、とうさんうさぎがこたえました。

うさぎたちはよろこんで、

「なあんだ、おとうさんだったのかあ。」

といいながら、ドアをあけにいこうとしました。

すると、きゅうにそのなかの一《いっ》ぴきが、

「まてまて、まてまてっ。」

と、みんなをとめて、

「ドアはあけないほうがよさそうだぞ。おおかみがおとうさんにばけて、ぼくたちのことをさらいにきたのかもしれないぞ。」

といいました。
家《いえ》のなかはもうこれいじょうはないっていうほど、
　しーん
となりました。
　とうさんうさぎは、
「おかしいぞ、おかしいぞ。」
といいながら、
　どーん
とたいあたりをして、ドアをこわすと、
　ひらり
と、家《いえ》のなかへとびこみました。
家《いえ》のなかには、だれもいませんでした。

とうさんうさぎはおどろいて、

「ふしぎだぞ、ふしぎだぞ。」

といいながら、からっぽの家《いえ》のなかを、
　きょろきょろきょろ
とみまわしました。

そこへ、かあさんうさぎがもどってきました。

話《はなし》をきいたかあさんうさぎは、

「くすくすくす。」

とわらいながら、

「うさぎちゃんたちは、あなたのことをおおかみとまちがえて、どこかにかくれてしまったんですわ。」

といって、

「さあさあ、みんなでていらっしゃい。これはほんもののとうさんうさぎだからでてきてもだいじょうぶですよ。」

と声《こえ》をかけました。

すると、家《いえ》のなかのあちらこちらから、

「なあんだ、ほんもののおとうさんだったのかあ。」

という声《こえ》がして、うさぎたちがつぎつぎにかおをだしました。

一《いっ》ぴきは、ようふくだんすのなかからかおをだしました。

一《いっ》ぴきは、おしいれのなかからかおをだしました。

一《いっ》ぴきは、花《か》びんのなかからかおをだしました。

一《いっ》ぴきは、くずかごのなかからかおをだしました。

一《いっ》ぴきは、おなべのなかからかおをだしました。

一《いっ》ぴきは、やかんのなかからかおをだしました。

とうさんうさぎとかあさんうさぎは、

「よくできた、よくできた。」

とよろこんで、ねんのためにうさぎたちのかずをかぞえてみました。

すると、一《いっ》ぴきたりませんでした。

とうさんうさぎとかあさんうさぎはおどろいて、家《いえ》のなかをすみからすみまでさがしまわりました。

でも、どんなにさがしても、うさぎはみつかりませんでした。

「よっぽどみつかりにくいところへかくれてしまったのねえ。」

と、かあさんうさぎがいいました。

「まだ、ぼくのことをおおかみだとおもっているんだねえ。」

と、とうさんうさぎがいいました。

「わたしのことも、おおかみだとおもっているのかもしれませんねえ。」

と、かあさんうさぎがいいました。

そして、ふたりはもういちど、

「うさぎちゃん、もういいからでておいで。」

とよんでみましたが、やはりうさぎはでてきませんでした。

そのあとうさぎがどうなったかというと、いまでもまだ、家《いえ》のなかのどこかに、
じいっ
と、かくれつづけているらしいということです。

「このお話《はなし》の眼目《がんもく》は。」

と、たぬきがいいかけました。

わたしはすばやく、

「ひとをうたがうのもほどほどに、ということですねえ。」

と、口《くち》をはさみました。

たぬきは、

「うんにゃ。」

と首《くび》をふって、

「あまりじょうずにかくれすぎるのもかんがえもの、ということだ。」

といいました。

わたしははらをたてて、

「たぬきさんたぬきさん、あなたの眼目《がんもく》はすこしおかしすぎますよ。ぜんたい、あなたのお話《はなし》にしてからが、なんのことだかさっぱりわからないではありませんか。いったいとかげのドーナッツとはなにごとですか。」

とぶつぶついいました。

けれどもたぬきはいつのまにか目《め》を、

　ぎっちり

とつぶって、

「すうすうすうすう。」

と、いびきをかきはじめていました。

しかたなしに、わたしはちょっとおじぎをして、家《いえ》へもどってきました。

そしてわたしは、みなさんにもきいてもらおうとおもって、たぬきからきいた話《はなし》を、かみにうつしてみたのです。

きつねのたんこぶ

こぶたのぶうたがりょうしのしごとをはじめてから、もうずいぶんとたちました。

でも、ぶうたはりょうしのくせに、てっぽうがとてもへたでした。そのへたなことといったら、りょうしになってからこっち、まだいちども、えものをしとめたことがないほどでした。

それでもぶうたはあきらめずに、まい日《にち》まい日《にち》、てっぽうをかついで、のはらや森《もり》をあるきまわりました。

そんなある日《ひ》、森《もり》のなかをあるいていたぶうたは、一《いち》わのからすが、木《き》のえだにとまっているのをみつけました。

「や、いいものがいた。」

ぶうたは、おおよろこびでてっぽうをかまえました。

そのとき、つごうのわるいことにぶうたは、

「はっくしょん。」

と、くしゃみをしてしまいました。

からすが、びっくりしたようにこちらをながめました。

でも、あいてがぶうただということに気《き》がつくと、からすはひどくあんしんしたかおになりました。それどころかからすのくせに、
にやにや
とわらいだしました。

「ううむ、なまいきな。」

ぶうたはかんかんにはらをたてて、ぐっとひきがねをひきました。

ぶうたはよく、たまをこめるのをわすれたままてっぽうをうつことがあるのですが、このときは、

「だーん。」

と音《おと》がして、いせいよくたまがとびだしました。

でも、たまはからすにはあたらずに、どこかとんでもないほうへとんでいってしまいました。

からすは、くすくすとわらいだしました。そして、「ベー。」とぶうたにあかんべーをすると、とおくの山《やま》のほうへぱたぱたとにげていってしまいました。

しかたなしにぶうたは、こしをおろして、おべんとうをたべました。そして、おべんとうをたべおわると、森《もり》の木《こ》かげでぐうぐうとひるねをはじめました。

ところが、ふと目《め》をさましてみて、ぶうたはおどろきました。一《いっ》ぴきのきつねが木《き》にたてかけておいたぶうたのてっぽうをかついで、すたこらと森《もり》のおくへにげていくではありませんか。

「あっ、まてっ。」

ぶうたは、あわてておきると、きつねのあとをおいかけました。

そのうち、さきをはしっていたきつねのすがたが、ふっとみえなくなりました。

「おやっ。」

ぶうたは、首《くび》をひねりました。きつねのすがたがみえなくなったあたりに、一《いっ》けんの家《いえ》がたっていたのです。

「こんな森《もり》のおくに家《いえ》があるなんて、どうしたことだろう。」

ぶうたは、おそるおそる家《いえ》のそばへちかづいていくと、あけはなしになっている門《もん》のなかをこっそりとのぞきこみました。

それをまちかまえていたように、家《いえ》のなかから、一《いっ》ぴきのこぶたの女《おんな》の子《こ》が、かおをのぞかせました。

そのこぶたの女《おんな》の子《こ》のかわいいことといったら、ひとめみたとたんに、ぶうたのむねが、

「どっきーん。」

と、音《おと》をたてたほどでした。

こぶたの女《おんな》の子《こ》のほうも、ぶうたをみて、ちょっとかおを赤《あか》くしましたが、すぐにおじぎをしていいました。

「どうぞおあがりくださいませ。」

「は、はい。」

ぶうたは、女《おんな》の子《こ》のあとについて、ふらふらと家《いえ》のなかへあがりこむと、ぼーっとしたまま、おうせつまのいすにこしをおろしました。

そのとき、ぶうたはまた、とびあがりそうになるほどおどろきました。ぶうたのてっぽうをさらってにげだしたどろぼうぎつねが、すましたかおで、

へやのなかへはいってきたのです。

きつねは、ぶうたのむかいのいすにこしをおろすと、ちょっとあたまをさげました。

「ようこそいらっしゃいました。わたくしが、この家《いえ》の主人《しゅじん》でございます。」

「えっ。それじゃ、いまのこぶたのおじょうさんは？」

「あれはわたくしどものむすめで、こんこともうします。」

「へえ？　きつねさんの家《いえ》に、こぶたのおじょうさんが？」

ぶうたは、なにがなんだかさっぱりわからなくなって、目《め》をぱちくりとさせました。

すると、とうさんぎつねがこまったようにためいきをついて、こんなことをいいだしました。

「じつはぶうたさん、つい一《いっ》しゅう間《かん》ほどまえ、うちのこんこが『おとうさん、わたし、こぶたのぶうたさんがだいすきになってしまったの。』なんていいだしまして。」

「えっ。」

『わたし、どんなことがあっても、ぶうたさんのおよめさんになってみせるわ。』なんていって、その日《ひ》からああやって、こぶたの女《おんな》の子《こ》のすがたにばけたままくらしているようなわけでして。」

「ふうむ。」

「それほどまでにおもいこんだとなればしかたがありません。はたして、こんこをおよめにもらってくださるかどうか、それをぶうたさんにおたずねしてみようということになりました。そこで、しつれいながらてっぽうをさらわせていただいて、ぶうたさんをここまでおびきよせたというしだいです。」

「ははあ。」

ぶうたは、ゆめをみているような気《き》もちになって、ぼーっとしながらつぶやきました。

「それにしても、あのかわいらしいこんこさんが、どうしてぼくのようなこぶたをすきになったりしたんでしょうねえ。」

「それはですねえ。」

とうさんぎつねは、ちょっともじもじとしながらこたえました。

「しつれいですけど、ぶうたさんのてっぽうのへたさかげんは、このあたりでもゆうめいでしてねえ。ところが、こんこは、そのてっぽうのへたなところが、すっかり気《き》にいったらしいのです。」

「へたなところが?」

「そうなんです。『ぶうたさんはとても気《き》のやさしいこぶたさんで、いきもののいのちをとるのがいやさに、わざとてっぽうのねらいをはずしてうっているのにちがいないわ。わたし、そういうやさしいひとのおよめさんになりたいとおもっていたの。』なあんてね。」

「なあるほど。」

ぶうたは、（なんだかたいへんなかんちがいをされているようだぞ。）とおもいました。

でも、こんこんとけっこんできるとなれば、それぐらいはなんでもありません。ぶうたはよろこんで、こんこをおよめさんにもらうことをしょうちしました。

「やあやあ、もらってくださいますか。それはありがたい。」

とうさんぎつねもおおよろこびをしました。そして、つぎの日《ひ》さっそく、町《まち》の教会《きょうかい》で、けっこん式《しき》をあげることにきめました。

つぎのあさ、わくわくとしながら目《め》をさましたぶうたは、かおをあらってあさごはんをすませたあと、かがみのまえでよそいきのふくにきがえはじめました。

そのとき、ぶうたはきゅうにはらをたてはじめました。

（なんだって？ てっぽうのへたなところが気《き》にいったって？ ちぇっ、しっけいいな。）

ぶうたはぷりぷりとしながらそとへとびだすと、どしどしときつねの家《いえ》へあるいていきました。

「きつねさん、ぼく、けっしんをしました。えものを一《いっ》ぴきしとめるまでは、ぼくはぜったいにりょうしをやめません。けっこんのほうも、それまではおあずけです。」

「えっ。」

とうさんぎつねはおどろきました。

ぶうたのうでまえでは、これからさきなん年《ねん》りょうしをやっていたところで、えものなどしとめられそうにもありません。そうなると、かわいそうなこんこは、いつまでたってもけっこんできないことになってしまいます。

(さあて、どうしたものだろう。)

そのとき、とうさんぎつねのあたまに、ひとつのかんがえがうかびました。

とうさんぎつねは、ぶうたのかたをどんとたたいていいました。

「ぶうたさん、よくぞおっしゃった。それでこそ男《おとこ》のこぶたというものです。ひとつ、いいことをおしえましょう。ここからすこしいったところに、ポプラの木《き》が一本《いっぽん》たっています。もうしばらくすると、その木《き》の下《した》を、うさぎが一《いっ》ぴきとおります。そのうさぎなら、ぶうたさんにもかならずしとめられるはずです。」

「へんですねえ。どうしてそんなことをしってらっしゃるんでしょう。」

ぶうたは、目《め》をぱちくりさせました。

「そんなことはどうでもよろしい。とにかくうさぎはとおります。さ、おあずかりしていたてっぽうです。たまも、わたしがこめておいてあげました。さあさあ、はやくいって、だーんとやっておいでなさい。」

「これはごしんせつにありがとう。でも、ほんとうにうさぎがとおるのかなあ。」

ぶうたは首《くび》をひねりましたが、とにかくポプラの木《き》のそばへいって、えものがやってくるのをまちかまえていることにしました。

すると、いくらもたたないうちにほんとうにうさぎが一《いっ》ぴき、ひょっこりとすがたをあらわしました。

なんだか、口《くち》がとがって目《め》のつりあがった、へんなうさぎです。

このうさぎもやはり、ぶうたがてっぽうをかまえているのをみても、へいきなかおをしていました。それどころか、

「さあ、おうちなさい。」

とでもいうように、すこしずつてっぽうのほうへちかづいてくるではありませんか。

「うーん、こぶたをばかにして。」

ぶうたはかんかんになって、ぐっとひきがねをひきました。

「だーん。」

大《おお》きな音《おと》といっしょに、どうしたことか、てっぽうからびー玉《だま》が一《ひと》つとびだしました。

びー玉《だま》はやはり、とんでもないほうへむかってとんでいきました。

そのときまた、へんなことがおこりました。うさぎがじぶんから、びー玉《だま》

のとんでくるほうへはしっていったのです。

うさぎはうまいぐあいに、じぶんのおでこで、

「がちん。」

と、びー玉《だま》をうけとめると、ばったりとたおれました。

「わあい、やったあ。」

ぶうたはよろこんで、うさぎのそばへかけよりました。

みるとうさぎは、じめんにたおれたまま、ぴくりともうごきません。

「しんだのかな。」

ぶうたはきゅうに、すまない気《き》もちになりました。いそいでうさぎのむねに耳《みみ》をあててみると、どきどきとしんぞうの音《おと》がしています。

「ああよかった。でも、すぐにてあてをしなけりゃあ。」

ぶうたはうさぎをだきあげると、町《まち》のびょういんへはしっていきました。

びょういんへついたときになっても、うさぎはまだ、ぐったりとしていました。

でも、しんさつをしてくれたたぬきのおいしゃさんは、すぐににっこりとかおをあげました。

「だいじょうぶ。これはただのきぜつです。すこしすれば気《き》がつきますよ。」

「そうですかそうですか。それでは先生《せんせい》、よろしくおねがいします。ぼく、けっこん式《しき》にいかなければなりませんので。」

ほっとしたぶうたは、びょういんをとびだして、教会《きょうかい》へかけつけました。

教会《きょうかい》にはもう、おおぜいのどうぶつたちがあつまっていました。

こぶたの女《おんな》の子《こ》のすがたをしたまま、すそのながいまっしろなふくをきこんだこんこが、ぶうたのかおをみて、はずかしそうにわらいました。

でも、どうしたことか、とうさんぎつねのすがたがみえません。

「きつねさんは、なにをしているんだろう。式《しき》にはでないつもりかな。」

「そろそろじかんだ。これいじょう、きつねさんをまっているわけにはいかないぞ。」

しかたなしに、おとうさんぬきで式《しき》をはじめようとしたどうぶつたちは、ほっとあんしんのためいきをつきました。

そのときになってようやく、とうさんぎつねが式《しき》じょうへかけこんできたのです。

とうさんぎつねは、どうしたことか、たったいまきぜつからさめたとでもいうように、ふらふらとしていました。

おまけにとうさんぎつねは、おでこに大《おお》きなたんこぶまでこしらえていました。

それはちょうど、てっぽうからとびだしたたびー玉《だま》を、おでこで、

「がちん。」

とうけとめたときにできるような、そういうたんこぶでした。

三《みっ》つのしっぱい

きつねのしっぱい

のはらに一《いっ》ぴきのきつねがすんでいました。

ある日《ひ》のおひるすぎ、きつねはおやつをたべたい気《き》もちになったので、たべものをさがしにでかけました。

ぶらぶらと道《みち》をあるいていくと、のはらのはずれに、一本《いっぽん》のみかんの木《き》がたっていました。

木《き》のえだには、みかんのみが、かぞえきれないほどになっていました。ねものところをみると、そこにもみかんのみが一《ひと》つ、ころんところがっていました。きつねは、

「これはいいものをみつけたぞ。さっそくごちそうになるとしよう。」

といいながら、みかんのみをひろいあげました。でも、かわをむきはじめよ

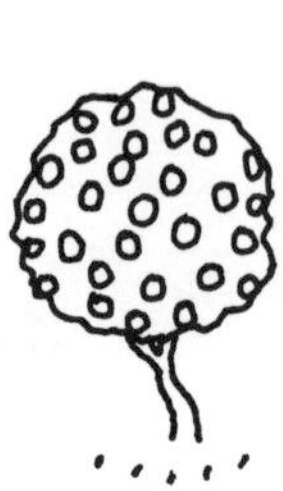

うとしたとき、きゅうにきつねは、

「まてまて、これはあまいみかんかな。すっぱいみかんかな。」

としんぱいになりました。

きつねは、むかしから、すっぱいものがだいきらいでした。ですから、どうにかして、このみかんがあまいかすっぱいかをしりたいとおもいました。

でも、あまいかすっぱいかをしるためには、やはりたべてみるよりほかに、しかたがなさそうでした。

そのとき、一《いっ》ぴきのこねずみが、こちらのほうへやってくるのがみえました。

それに気《き》がついたきつねは、

(そうだ。あのこねずみに、このみかんをたべさせて、あまいかすっぱいかをたしかめてやろう。あまいということがわかったら、木《き》になっているみをもいで、たべればいいのだ。）

とかんがえて、

「ねずみ、ねずみ。」

といいながら、こねずみをよびとめると、

「きみにいいものをあげよう。ほうら、みかんだ。うちへもってかえるとまずくなってしまうかもしれないから、すぐにかわをむいてたべておしまい。」

といいました。

こねずみは、びっくりしたようなかおをしただけで、手《て》をだそうとはしませんでした。

きつねは、またいいました。

「しんぱいしなくてもいいんだよ。これはとってもおいしいみかんなのだ。

あんしんしてたべてくれたまえ。」

でも、こねずみは目《め》をぱちくりさせているだけでした。きつねはじれったくなって、

「たべろといったら、たべんかっ。」

とどなりつけました。こねずみは、わあっとなきだすと、どこかへにげていってしまいました。きつねは、かんかんにはらをたてて、

「ひとがしんせつにすすめてやったのに、なぜたべようとしないのだ。しつけというものが、まるでできておらんではないか。ばかねずみのとんまねずみめ。」

とぶつぶついいました。

そのとき、うさぎが一《いっ》ぴき、こちらへやってくるのがみえました。よろこんだきつねは、

「うさぎ、うさぎ。」

といって、うさぎをよびとめると、

「きみにいいものをあげよう。ほうら、みかんだ。これは、すぐにたべないとおいしくないみかんだから、ここでかわをむいてすぐにたべてしまいたまえ。」

といいました。でも、うさぎは、

「はははは。」

とわらっているだけで、みかんをうけとろうとはしませんでした。

きつねがふしぎにおもって、

「うさぎうさぎ、きみはなぜそうやってわらってばかりいるのだ。」

とたずねると、うさぎが、

「だってそれは、どろんこでつくったにせのみかんなのでしょう？　どろんこでつくったみかんをたべさせて、ぼくをばかそうというのでしょう？」

といいました。きつねはおどろいて、

「ばかしたりなどするものか。これは、ここにはえている木《き》からおちてきたほんもののみかんなのだ。」

といいました。でも、うさぎは、

「はははは。」とわらって、

「そのては、くいませんぞ。」

というと、すぐにどこかへいってしまいました。

きつねは、またかんかんにはらをたてて、

「なんといううたぐりぶかいうさぎだ。ひとをうたがったりしてはいけないということがまるでわかっていないのだ。ぬけさくうさぎのとんちきうさぎめ。」

といいながら、

「ちょっ。」

としたうちをしました。

そのとき、ねこが一《いっ》ぴきやってきました。

それは、きつねとなかよしのねこでした。

きつねはよろこんで、

「ねこ、いいところへきた。きみにみかんをあげようとおもって、まっていたのだ。さあ、たべてくれたまえ。」

といいながら、みかんをさしだしました。

ねこもよろこんで、

「やあ、これはありがたい。では、えんりょなくいただくよ。」

といって、みかんをうけとるとすぐにかわをむいて、

べちょべちょべちょ

とたべはじめました。

「ねこ、みかんのあじはどうだ。もしかしてすっぱかったりはしないかね？」

「いや、いや、すこしもすっぱくはない。あまくて、あまくて、ほっぺたがおちそうなほどだ。」

と、ねこがこたえました。

「そうか、そうか。そんなにあまいみかんだったのか。それでは、ばくもたべることにするからね。」

よろこんだきつねは、木《き》のえだからみかんを一《ひと》つもぎとると、ばりばりとかわをむいて、ああんと口《くち》をあけて、がぶりっとかみつきました。

そのとたんきつねは、

「きゃっ。」

といって、とびあがりました。そのみかんは、あまいどころか、せすじがぞうっとなるほどすっぱかったのです。

「ねこ、ねこ。」

と、きつねは、したをぶるぶるさせながらさけびました。

「きみは、このみかんがあまいといったじゃないか。」

「だって、ほんとうにあまかったんだもの。」

と、ねこが目《め》をぱちくりさせながらこたえました。

「うそだ、うそだ。」

きつねがさけびました。

「一《ひと》つの木《き》に、あまいみと、すっぱいみがいっしょになったりするものか。きみは、すっぱいみかんをわざとおいしそうにたべてみせたのだ。そうやって、ぼくをだまそうとしたのだ。ああ、きみはなんというひどいねこだろう。」

そしてきつねは、

「きみとぼくとはなかよしのはずだったではないか。それなのに、どうしてこういうひどいことをするのだ。ぼくは、もうねこというものがしんじられなくなってしまったよ。」

といいながら、

「おいおいおいおいおい。」

となきだしました。

そこへ一《いっ》ぴきのたぬきがやってきて、きつねに声《こえ》をかけました。

「きつねさん、きつねさん、おとりこみのところをもうしわけありませんが、このあたりにみかんがおちていなかったでしょうか。さきほど、このへんで石《いし》につまずいてころんだのですけど、そのひょうしに町《まち》からかってきたみかんを一《ひと》つおとしてしまったらしいのです。」

「えっ、それじゃここにおちていたみかんは、この木《き》になっていたものではないのですか。」

と、きつねがおどろいてたずねました。

たぬきは、

「ちがいます、ちがいます。この木《き》になっているみかんは、すっぱくてとてもたべられたものではありません。」

といって、

「ぼくがおとしたのは、ほっぺたがおちそうなほどのあまいあまいみかんだったのです。」

といって、

「それはそうと、きつねさんは、どうしてないていたりしたのですか？」

とたずねました。きつねは、

「それがそのう。」

といったり、

「なんといったらいいか。」

といったりしながら、かおを赤《あか》くしてしばらくもじもじしていましたが、きゅうにきこえないほどの声《こえ》で、

「さよなら。」

というと、こそこそとにげていってしまいました。

ねことたぬきは、びっくりして目《め》をぱちくりさせました。そして、ねことたぬきは家《いえ》へかえってからも、

（どうしてきつねは、にげていったりしたのかなあ。）

とかんがえては、しきりに首《くび》をひねっていました。

ねこのしっぽい

ある日《ひ》、ねこがともだちのきつねの家《いえ》へ、あそびにいきました。

でも、なんどドアをたたいても、へんじがありませんでした。ねこは、
（きつねくん、どこかへでかけたのかな。）
とかんがえながら、家《いえ》のなかへはいってみました。

きつねはあたまに白《しろ》いずきんをかぶり、もうふを口《くち》の上《うえ》までひっぱりあげて、ベッドによこになっていました。ひげも元気《げんき》なくたれさがっていますし、目《め》もとろんとしているようすです。

「どうしたんだ、きつねくん。」
と、ねこはおどろいてたずねました。

きつねは、とろんとした目《め》をねこのほうへむけて、よわよわしく手《て》をふっ

てみせながら、

「なあに、ちょっとぐあいがわるくなってしまってね。」

といって、

「まあ、しんぱいしないでくれたまえ。ただのかぜだとおもうから。でも、ひょっとすると、はっしんチフスかもしれない。」

といいました。

「なに、はっしんチフスだって？　それは、またたいへんなびょうきになったものではないか。」

そして、ここがわからないところなのですけれども、ねこは、きつねがすっかりうらやましくなってしまいました。

ねこには、きつねがかぶっている白《しろ》いずきんや、とろんとした目《め》や、よわよわしく手《て》をふるようすなどが、なぜかとてもすてきにおもえたのです。

（ようし、ぼくもびょうきのまねをしてみるとしよう。そうすれば、みんなもまえよりずっとぼくのことをそんけいしてくれるかもしれないぞ。）

ねこは、家《いえ》へとんでかえると、へやじゅうをひっかきまわして、白《しろ》いずきんをさがしました。

でも、ねこの家《いえ》には、ずきんなどは、一《ひと》つもありませんでした。

そのときねこは、だいどころのすみに、一《いち》まいのきれのふくろがおちていることに気《き》がつきました。

それは、ビスケットをいれておくのにつかっていたふくろでした。

（まあいいや。これでがまんしておくとするか。）

ねこは、ビスケットのふくろをあたまにかぶってベッドにもぐりこみ、もうふをはなの上《うえ》までひっぱりあげると、目《め》を、
とろうん

とさせるれんしゅうにとりかかりました。

それがうまくいくと、こんどはひげを、
だらあん
とさせるれんしゅうにとりかかりました。

それがうまくいくと、ねこは、とろうんとした目《め》を入《い》り口《ぐち》のドアのほうへむけて、よわよわしく手《て》をふりながら、

「まあ、しんぱいしないでくれたまえ、ただのかぜだとおもうから。でも、ひょっとするとはっしんチフスかもしれない。もっとひょっとすると、トラホームかもしれないのだ。」

といってみました。

ねこは、たいへんとくいな気《き》もちになりました。そして、

(はやくだれかこないかなあ。)

とかんがえながら、ベッドの上《うえ》でいっしょうけんめい目《め》を、
　とろうん
とさせていました。でも、いつまでたってもねこの家《いえ》には、だれもやってきませんでした。

ねこは、まちくたびれて、じぶんでもしらないうちに、ぐうぐうとねむりこんでしまいました。

それから、しばらくして目《め》をさましたとき、ねこはじぶんがびょうきのまねをしていたことをすっかりわすれてしまっていました。

ですから、じぶんがビスケットのふくろをかぶっていることに気《き》がつくと、ねこはたいへんびっくりしました。

（なぜだろう。なぜ、ふくろなんかかぶっているんだろう。）

と、ねこはかんがえました。でも、いくらかんがえても、なぜだかわかりま

せんでした。

しかたなしにねこは、おとなりのたぬきの家《いえ》へでかけていくと、

「これ、これ。」

とわけをはなして、

「どうしてぼくは、ビスケットのふくろをかぶってねていたりしていたのでしょうか。」

とたずねてみました。

たぬきにも、やはりなぜだかわかりませんでした。ふたりはそろって首《くび》をひねりながら、

(なぜでしょうか、なぜでしょうか。)

とかんがえました。

そのとき、ねこがきゅうにぴょんととびあがると、

「わかった。ぼくはしらないあいだに、ふくろをかぶってねてしまうふしぎなびょうきにかかってしまったんだ。」

といって、

「どうしよう、どうしよう。」

といいながら、

「わあっ。」

となきだしました。たぬきはあわてて、

「なくな、なくな。」

となぐさめながら、いそいで病院《びょういん》へでんわをかけました。

すぐにきゅうきゅう車《しゃ》がやってきて、ねこを病院《びょういん》へはこんでいきました。

「べつにわるいところは、なさそうですけれどねえ。」

と、ねこのむねにちょうしんきをあてたり、レントゲンしゃしんをとってしらべたりしたあとで、ねずみのおいしゃが首《くび》をひねりながらいいました。

ねこは、よろこんでたずねました。

「わるいところがないのなら、もう、家《いえ》へかえってもいいですか?」

「いやいや、まだそういうわけには、いきません。ちょっとこちらへきてください。」

ねずみのおいしゃは、ねこをべつのへやへつれていきました。みると、ゆかの上《うえ》に、いろいろな大《おお》きさをしたきれのふくろがちらばっています。

「ねこさん、こんや一《ひと》ばん、このへやにとまってください。家《いえ》にかえってもいいかどうかは、あしたになってからきめるとしましょう。」

「それにしても、どうしてこんなにふくろがちらばっているのですか?」

ねこが、ふしぎそうにたずねました。

「これはじっけんです。あしたの朝《あさ》、目《め》をさましたとき、ねこさんがまたふくろをかぶっていたりしたら、とうぶんのあいだ、病院《びょういん》にいてもらわなければなりません。それをたしかめるために、こうしてふくろをちらばせてあるのです。では、ごゆっくり。」

ねずみのおいしゃは、いってしまいました。

ねこはしかたなしに、

(ああ、いやだな。はやく家《いえ》へかえりたいな。)

とかんがえながらためいきをつき、ベッドによこになりました。

つぎの朝《あさ》、ねこは目《め》をさますと、おそるおそるあたまへ手《て》をやってみました。あたまには、一《いち》まいのふくろものってはいませんでした。

ねこはよろこんで、ねずみのおいしゃにたずねました。

「おいしゃさん、ぼくはやはりびょうきではなかったようです。もう家《いえ》へかえってもかまわないでしょうね。」

「そうですね。でも、ねんのために、もう一日《いちにち》だけいてもらいましょうか。」

と、ねずみのおいしゃがいいました。

しかたなしにねこは、ふくろのちらばった病院《びょういん》のへやで、ねたりおきたりしながらたいくつな一日《いちにち》をすごしました。

つぎの朝《あさ》、目《め》をさましたときも、ねこのあたまにはなんにものってはいませんでした。

「これでどうやら、びょうきではないことがはっきりしたようですな。もう家《いえ》へかえってもかまいませんよ。」

と、ねずみのおいしゃがいいました。

「ありがとう、ありがとう。」

ねこは、ねずみのおいしゃになんどもおれいをいうと、

（びょうきでなくて、ほんとによかったな。）

とかんがえながら、家《いえ》へかえりはじめました。

とちゅうでねこは、きつねの家《いえ》のそばをとおりかかりました。

元気《げんき》になったきつねが、ねこに気《き》がついて、まどから声《こえ》をかけました。

「ねこくん、どこへいってきたんだ。ちょっとよっていきたまえな。」

「うん、おじゃまするかな。」

ねこはよろこんで、家《いえ》のなかへはいろうとしました。

でも、ドアをあけようとしたところで、ねこは、きゅうに足《あし》をとめて、かんがえこみました。

そしてねこは、

「きょうは、やめておこう。きつねくんの家《いえ》によると、またへんなめにあいそうな気《き》がするよ。」

というと、にげるようにしてはしっていってしまいました。

ねずみのしっぱい

あるところに、一《いっ》ぴきのねずみがすんでいました。

ある日《ひ》のゆうがた、ねずみは、

(さあて、こんばんはなにをたべようかな。)

とかんがえました。

その日《ひ》は、北風《きたかぜ》のぴゅうぴゅうとふくさむい日《ひ》で、そとにはいつのまにかちらちらとゆきがまいはじめていました。

「そうだ。こんなさむい日《ひ》は、おでんがいいかもしれないぞ。よしよし、そうしよう。」

ねずみは、さっそく町《まち》へでかけていって、ざいりょうをかってくると、おなべでごとごととおでんをつくりはじめました。

やがて、おなべのなかのおでんが、

「もうたべてもいいぞう。」

というように、おいしそうなにおいをたてはじめました。ねずみはよろこんで、

「わあ、おいしそうだ。おでんやでうっているおでんよりも、ずっとおいしそうにできたてではないか。」

といいながら、おでんをたべはじめようとしました。でも、すぐにねずみは、

(そうだそうだ、からしをつけると、もっとおいしくなるんだっけ。ようし、とびきりからいからしをつくってやろう。)

とかんがえて、ちゃわんにからしのこなをいれ、その上《うえ》に水《みず》をさして、ぐるぐるとかきまわしはじめました。

できあがったからしをなめてみると、からくてからくて、口《くち》のなかがぴり

ぴりとするほどでした。

ねずみは、それでもものたりない気《き》がして、もういちどぐるぐるとかきまわしました。

からしは、まえよりもいっそうからくなりましたが、ねずみはまだものたりませんでした。

そのときねずみは、いつかだれかに、

「はらをたてているものにかきまわしてもらうと、とてもからいからしができる。」

とおしえてもらったことがあるのをおもいだしました。

「はらをたてるといえば、おとなりのねこさんだな。あのねこさんは、とてもおこりんぼだから、きょうもはらをたてているにちがいない。よしよし、ちょっといって、ねこさんにからしをかきまわしてもらってこよう。」

ねずみはさっそく、からしのはいったちゃわんをかたてに、ねこの家《いえ》へはしっていくと、

とんとんとんとん

と、ドアをたたきました。すぐにねこが、

「やあ、ねずみくんか。」

といって、にやにやしながらかおをだしました。ねずみがふしぎにおもって、

「ねこさん、ねこさん、どうしてそんなににやにやしているんです？」

とたずねると、ねこは、

「だって、やっとのこと、ひとりででじてん車《しゃ》にのれるようになったんだもの。うれしくてうれしくて、にやにやせずにはいられないよ。」

といって、

にやにやにやにや

とわらいました。ねずみががっかりして、

「じゃあ、はらはたっていないのですね。」

とたずねると、ねこはにやにやしながら、

「ぜーんぜん。」

とこたえました。ねずみはしかたなしに、これもおこりんぼでひょうばんのきつねの家《いえ》へはしっていくと、

とんとんとんとん

と、ドアをたたきました。すぐにきつねが、

「やあ、ねずみくんか。」

といって、にこにこしながらかおをだしました。ねずみがまたふしぎにおもって、

「きつねさん、きつねさん、どうしてそんなににこにこしているんです?」

とたずねると、きつねは、
「だって、ぼくのかったたからくじが、一《いっ》とうにあたってしまったんだもの。うれしくてうれしくてにこにこせずにはいられないよ。」
といって、
　にこにこにこ
とわらいました。ねずみががっかりして、
「それでは、はらはたっていませんね。」
というと、きつねはにこにこしながら、
「ちーっとも。」
とこたえました。ねずみはしかたなしに、これもおこりんぼでゆうめいなたぬきの家《いえ》へはしっていくと、
　とんとんとんとん

と、ドアをたたきました。すぐにたぬきが、

「やあ、ねずみくんか。」

といって、うはうはとわらいながらかおをだしました。ねずみがまたふしぎにおもって、

「たぬきさん、たぬきさん、どうしてそんなにうはうはわらっているんです？」

とたずねると、たぬきは、

「だってあした、ぼくのだいすきなうさぎのみみこちゃんとスキーにいくことになったんだもの。うれしくて、うれしくて、わらわずにはいられないよ。」

といって、

「わはははは。」

とわらいました。ねずみががっかりして、

「じゃあ、はらはたっていませんねえ。」

というと、たぬきは、

「まーるで。」

といって、また、

「がははははは。」

とわらいました。

ねずみはしかたなしに、うそをつくことにして、

「そういえば、たったいま、そこでうさぎのみみこさんにあいましたよ。」

といって、

「みみこさんは、あんたのことを、ばかでまぬけでとんまだといってましたよ。」

といいました。

たぬきは、みるみるはらをたてて、

「なにっ。」

とさけんで、

「みみこのやつ、ほんとにそんなことをいったのかっ？」

とどなりました。ねずみがうなずいて、

「それからこんなこともいってましたっけ。あんなぽんぽこだぬきなんかと、だれがスキーにいくものかってね。」

というと、たぬきはもうぶるぶるふるえるほどはらをたてて、

「ようし、ぼくも男《おとこ》のこだぬきだ。そんなことをいわれたとあっては、だまっておらんぞ。これからみみこのところへいって、おもいっきりわるぐちをいってやるっ。」

となって、かけだそうとしました。

ねずみは、すかさず、からしのちゃわんをさしだすと、

「たぬきさん、たぬきさん、そのまえにこのからしをかきまわしてくれませんか。」

といいました。

たぬきは、

「よし、かせっ。」

といって、ちゃわんをひったくると、

「うう、はらがたつ。ぎりぎりぎりぎり。」

とはぎしりをしながら、ありったけの力《ちから》でからしをかきまわして、ぴゅうっとみみこの家《いえ》のほうへはしっていってしまいました。

ねずみはよろこんで家《いえ》へもどってくると、

「さあ、たべよう。さあ、たべよう。おいしいおでんをたべましょう。」

といいながら、たぬきのかきまわしてくれたからしを、おでんにたっぷりとぬりつけて、

「ぱくり。」

と一《ひと》くちたべました。ところがそのからしのからいことといったら、まるで口《くち》のなかで火《ひ》かなにかがもえはじめたよう。ねずみは、

「きゃっ。」

といってとびあがると、おおいそぎでごくごくと水《みず》をのみました。

でも、なんばい水《みず》をのんでもききめはありません。それどころか、あまりからしがからかったおかげで、あたまがくらくらとしてきましたし、足《あし》もふらふらとしはじめました。

ねずみは、よろよろとしながらベッドへもぐりこむと、

「はっ、はっ。」

といきをしたり、

「うっ、うっ。」

とうなったりしていました。

そこへたぬきがたずねてきました。たぬきは、いつのまにかすっかりきげんをなおしていて、

「ねずみくん、ねずみくん。みみこさんにきいてみたら、ぼくのわるぐちをいったおぼえなんか、まるでないということだったぞ。」

といって、

「さっきの話《はなし》は、きみのうそだったんだな。きみはほんとうにわるいねずみだねえ。」

というと、

「がははは。」

とわらいました。

でもかわいそうなねずみのほうは、まだしたがぴりぴりしていたものですから、やっとのこと、

「ぷう。」

といえただけでした。

ねことさいみんじゅつ

町《まち》に、ねこが一《いっ》ぴきすんでいました。

ねこは、町《まち》でうまれて町《まち》で大《おお》きくなりました。うまれてからこっち、まだいちども町《まち》をはなれたことがありませんでした。

ところがある日《ひ》のこと、ねこはいなかのほうへひっこすことにきめました。

どうして、きゅうにひっこしする気《き》になったのかって？

それには、ふかいわけがありました。

うまれてからしばらくたってひとりであるけるようになったとき、ねこは町《まち》の通《とお》りで、はじめてけんかというものをみました。

小《ちい》さいねずみと大《おお》きいねずみが、目《め》をさんかくにしてぎゃあぎゃあとどなりあっていました。小《ちい》さいねずみがうっかりして、大《おお》きいねずみのしっぽをふんづけた、というのがどなりっこのげんいんでした。

二《に》、三日《さんにち》たってから、ねこはまた、町《まち》の通《とお》りでけんかをみました。

ちゃいろい毛《け》をしたいぬと白《しろ》い毛《け》をしたいぬが、砂《すな》ぼこりをあげながらどたんばたんととっくみあいをしていました。ちゃいろい毛《け》をしたいぬが白《しろ》い毛《け》をしたいぬのごはんを、だまってぺろりとたべてしまったというのが、とっくみあいのげんいんでした。

それからもねこは、かぞえきれないほどけんかをみました。どなりっこやとっくみあいが、町《まち》のあちらこちらでまい日《にち》のようにおこっているらしい、ということもだんだんとわかってきました。

町《まち》のどうぶつたちは、どうしてこう、けんかをしたがるのでしょう。けんかをみるたびに、ねこはいやなきぶんになりました。これいじょう町《まち》にはすんでいたくないという気《き》もちが、しだいにつよくなってきました。

そしてとうとうある日《ひ》のこと、ねこはいなかのほうへひっこしをする気《き》になったのです。

ことことあるきつづけて、ねこは町《まち》からとおくはなれた、いなかののはらへとやってきました。

＊

ひろびろとしたのはらには、みどりの草《くさ》がいちめんにおいしげり、まっさおにはれた空《そら》では、お日《ひ》さまがきらきらとかがやいていました。どおっと風《かぜ》がふいてくるたびに、草《くさ》たちはうれしそうにちかちかとひかりました。

これはまた、なんというすてきなのはらでしょう。

のはらがこんなにすてきなのですから、そこにすんでいるどうぶつたちだって一《いっ》ぴきのこらず、やさしくて気《き》のいいどうぶつたちばかりにちがいありません。どなりっこもとっくみあいもしないで、なかよくくらしているにちがいありません。

ねこは、しあわせな気《き》もちになって、うっとりとためいきをつきました。

そのとき、どこかとおくのほうからぎゃあぎゃあという、どなり声《ごえ》がきこえてきました。つづいて、どたんばたんというやかましい音《おと》もひびいてきました。

ねこはびっくりして、どなり声《ごえ》のするほうへはしっていってみました。みると、こぶたが二《に》ひき、のはらのまんなかでもうれつなとっくみあいをしていました。

ねこは、目《め》をこすってよくみなおしてみました。でも、まちがいではありません。たしかにそれは、しょうしんしょうめいのとっくみあいでした。

ねこはあわててさけびました。

「こらこら、こんなすてきなのはらにすんでいながら、きみたちはなんということをする。やめなさいったらやめなさい。」

ねこが、ばたばたとしながらどなっているうちに、ようやくこぶたたちがとっくみあいをやめました。

「どうしたというんだふたりとも。けんかなんかしてみっともないじゃないか。」

とねこが、こぶたたちのことをしかりつけました。

「ぼくがわるいんじゃないよ。このこぶたったら、ぼくがみつけたキャベツをよこどりしようとしたんだもん。」

と、一《いっ》ぴきのこぶたが口《くち》をとがらせながらいいました。

「キャベツは、ぼくがみつけたんだぞ。よこどりしようとしたのはおまえのほうじゃないか。」

と、もう一《いっ》ぴきのこぶたもまけずに口《くち》をとがらせていいかえしました。

「まちなさいまちなさい。」

ねこはあわてて、手《て》をふりまわしました。

「どっちがみつけようが、キャベツはきみたちふたりのものだ。なかよくはんぶんこをしてたべるさ。」

「やなこった。あんなこぶたなんかに、だれがわけてやるもんか。」

「ぼくだってわけてやるもんか。なんだい、ごろごろこぶたのどろんここぶた。」

「いったなあ。」

こぶたたちは、ぱっととあいてにとびかかったかとおもうと、またもうれつないきおいでどたんばたんととっくみあいをはじめました。

ねこは、あわててとめにはいろうとしました。でも、からだの小《ちい》さなねこにはどうすることもできませんでした。

そのとき、きつねが一《いっ》ぴきこちらのほうへやってくるのがみえました。それがまた、よっぽど勉強《べんきょう》のすきなきつねとみえてあるきながらしきりに本《ほん》をよんでいるのです。

「や、これはいい。あのきつねにたのむとしよう。」

ねこは、きつねのそばへはしっていきました。

「きつねさんきつねさん、けんかです。大《おお》げんかですよ。」

「なになに、けんかだって?」

きつねは、こぶたたちのほうへちらりと目《め》をやると、なんでもなさそうにいいました。

「ははあ、やってるね。」

「やってるねじゃありませんよ。はやいとことめてやってくださいな。」

「なあに、とめることはないさ。けんかをするというのは元気《げんき》のいいしょうこだ。ほうっておきなさい、ほうっておきなさい。」

「そんなのんきなことをいってるばあいじゃありませんよ。けがでもしたら

たいへんじゃありませんか。だいたいなんですか、あなたは。かんじんなことはなにひとつしないで、本《ほん》ばかりよんでいて。そういうきつねがいるから、世《よ》の中《なか》がますますわるくなるんだ。」

「なんということをいうんだ、きみは。」

と、きつねがあきれたようにいいました。

「本《ほん》をよもうとよむまいと、こちらのかってじゃないか。かんじんなことは、なにひとつしないって？　かんじんなことというのは、人《ひと》それぞれでちがうものなのです。まったく、なんというしっけいなねこだろう。ぼくはいそがしいんだ。ほうっておいてくれたまえ。」

きつねは、ぷりぷりとしながらいってしまいました。

こうなったら、なんとかじぶんの力《ちから》でけんかをとめるよりありません。

（ようし、いちばんやってみよう。）

ねこはそうこころをきめると、こぶたたちのあいだへとびこんでいこうとしました。

でもやはり、こぶたたちのいきおいにはかないませんでした。ねこは、たちまちがつんとはねとばされてひゅーんと空《そら》へまいあがったかとおもうと、そのままひゅうひゅうと空《そら》をとびつづけて、のはらのはずれにあるたけやぶの上《うえ》までやってきました。

＊

たけやぶのなかでは、一《いっ》ぴきのとらがいびきをかきながらねむっていました。そのとらのあたまの上《うえ》へ、ねこはどすんとついらくしました。

とらは、びっくりしてとびおきると、ねぼけまなこでいいました。

「なんだなんだ。じしんか、かじか、火山《かざん》のばくはつか。」

「ちがいますちがいます。」

と、ねこがこたえました。

「火山《かざん》のばくはつじゃなくてけんかです。むこうのほうでこぶたが二《に》ひき大《おお》げんかをしているんですよ。」

「なんだ、けんかか。」

「なんだじゃありませんよ。ほうっておくとたいへんなことになりそうなんです。はやいとことめにいってやってくださいよ。」

「だめだめ、おれさまはひるねでいそがしいんだ。一日《いちにち》に十二《じゅうに》じかんはねむらないと、どうもねむくてこまるんだ。じゃあおやすみ。」

とらは、あくびをするとまた、よこになろうとしました。はらをたてたねこは、ぎらぎらとひかる目《め》でとらのかおをにらみつけると、ありったけの声《こえ》でどなりました。

「なんですか、あんたは。ほかのどうぶつたちはせっせとはたらいているというのに、あんたときたらごろごろとひるねばっかり。はずかしいとはおもわないのですか。」

「だって、ねむいんだからしかたがなかろうが。」

「ねむいからしかたがないって？　よくもそんなことがいえますね。あんたのような大《おお》きくてつよいどうぶつがそういうありさまだから、世《よ》の中《なか》がむちゃくちゃになるんです。あんたたちがしっかりしていないばっかりに、あっちこっちでどなりあいやらとっくみあいばかりがおこるんです。ねむいからしかたがない？　ほんとにまあ、なんてじれったいとらなんだろう。よわむし、なまけもの、まるたんぼう。」

「なんだね、そのまるたんぼうというのは？」

とらが目《め》をぱちくりさせながらたずねました。

「あんたのようななまけもののことを、せけんではまるたんぼうというんです。くやしかったら、ひとっぱしりこぶたたちのところへいって、けんかをとめてきてごらんなさいな。」

そんなぐあいにどなっているあいだに、ねこはますますはらがたってきました。金《きん》いろの目《め》が、まるでもえてでもいるようにきらきらとひかり、ひげのさきもぴりぴりとふるえはじめました。

そのとき、へんなことがおこりました。とらがきゅうに、むくむくとからだをおこしたかとおもうと、ふらふらとしながらしゃべりだしたのです。

「ねこさん、いまなんとおっしゃいましたかね？　こぶたのことかなにかをはなしておられたようですけど。」

「え？　いまですか？」

ねこは、めんくらいながらこたえました。

「こぶたが二《に》ひき、むこうのほうでけんかをしているから、ごめんどうでなかったらとめてきてやってほしい。と、そんなことをおねがいしたようにおもいますけど。」

「わかりました。それじゃ、ちょっといってとめてくるとしましょう。」

とらは、ねこにむかってちょっとおじぎをすると、のはらのほうへはしっていってしまいました。

(これはおかしい。いったいどうしたというんだろう。)

ねこは、とらのうしろすがたをみおくりながら目《め》をぱちくりさせました。

そのとき、道《みち》のはんたいがわのはずれのほうに、さきほどの勉強《べんきょう》ずきのきつねがすがたをあらわしました。きつねはあいかわらず、手《て》にもった本《ほん》のページに目《め》をおとしながらとことことねこのほうへちかづいてきました。

＊

ねこは、とらのことで首《くび》をひねるのにむちゅうで、きつねのことには気《き》がつきませんでした。きつねのほうも、本《ほん》に気《き》をとられて、ねこのすがたが目《め》にはいりませんでした。

まっすぐ道《みち》をちかづいてきたきつねは、どすんとねこにしょうとつをして、あいてを地面《じめん》の上《うえ》にはねとばしてしまいました。

「やいやい、気《き》をつけろ。どこへ目《め》をつけてやがるんだ。」

どなりつけそうになったねこは、

(あ、いけない。こんなきたないことばをつかうと、けんかになってしまう。)

と気《き》がついて、はっと口《くち》をおさえました。

(それに、このきつねはたいへんな勉強《べんきょう》ずきらしいから、いろんなことにくわしいはずだぞ。)

ねこはそうかんがえて、きつねにたずねてみることにしました。

「じつはきつねさん、どうにもわけのわからないことがもちあがったんですがね。」

「といいますと？」

「このたけやぶにすんでいるとらのことなんですけどね。」

といってねこは、それまでのいきさつをひととおりきつねにはなしてきかせました。

「なあるほど。」

話《はなし》をききおえると、きつねがかんがえぶかそうにうなずきました。

「なんだか、さいみんじゅつにかかったときのようすとにたところがあるようですなあ。」

「さいみんじゅつですって？」

ねこはまた、目《め》をぱちくりとさせました。

「そのさいみんじゅつというものにかかると、いったいどういうことになるんです？」

「ねむったようになるんですが、ねむっていながらさいみんじゅつをかけた人《ひと》のめいれいだけは、どんなことでもきくようになるんですねえ。ぼく、まえにテレビでさいみんじゅつのじっけんをみたことがあります。」

きつねが、とくいそうにいいました。

「そのとき、さいみんじゅつの先生《せんせい》があいての人《ひと》に、『ハイ、これからあなたは、セッケンにかわります。おふろばのシャボン箱《ばこ》のなかのセッケンですよ。さあ、もうあなたは、シャボン箱《ばこ》の中《なか》のセッケンにかわりました。だれかがはいってきてあなたをつかいはじめました。つかわれるたびに、あなたのからだはどんどん小《ちい》さくなっていく。ああたいへん、とうとうかけらほどになりましたよ。』と、そんなぐあいにはなしかけました。すると、あいての人《ひと》はどうなったでしょう。」

きつねは、ちょっと目《め》をぎろぎろさせてみせました。

「かわいそうにあいての人《ひと》、ほんとうにじぶんがセッケンになったものとおもいこんでしまいました。手《て》と足《あし》をちぢめて、『ああ、からだがどんどんとけていく。こわいよう、たすけてくれえ。』というかおをします。すごいですねえ。こわいですねえ。それみてわたし、さいみんじゅつというのはほんとにおそろしい、おもいました。」

「さっきのとらが、そのさいみんじゅつにかかったときのようすとそっくりだというんですね？」

「そっくりですねえ。」

と、きつねがうなずきました。

「でもへんだなあ。」

ねこは首《くび》をかしげました。

「ぼくは、さいみんじゅつなどというのはみたこともきいたこともなかったんですからねえ。さいみんじゅつというのもやはり、ならわなければかけられないものなんでしょう?」

「そりゃそうですとも。」

きつねがまた、首《くび》をうなずかせました。

「さいみんじゅつというのは、なかなかむずかしいものですからねえ。ならわずにやれるなどということは、まずかんがえられません。とらのことは、きっとなにかのまちがいだったのでしょう。それにしても、めんとむかってとらをどなりつけるとは、ねこくんもたいしたどきょうのもちぬしですなあ。」

「いやいや、たいしたこっちゃありません。ちょっとばかりかっかとしていただけのことでして。」

「ごけんそんごけんそん。ねこがとらをどなりつけるなんて、そうめったにはありませんよ。いったい、どんなぐあいにしてどなりつけたんです？」

「じゃ、ちょっとおはなしするとしますと、まずさいしょこんなぐあいにとらのことをにらみつけましてね。」

ねこは目《め》をぎらぎらとひからせると、きつねのかおをにらみつけてみせました。ついでに、ひげのさきもぴりぴりとふるわせてみせました。

そうやってしばらくにらめっこをつづけているうち、きゅうにきつねのからだがふらふらとゆれだしました。

「きつねさんきつねさん。」

ねこは、おどろいて声《こえ》をかけました。

「どうしたんですかきつねさん。」

「はあい。」

きつねが、いままでとはかわったかんだかい声《こえ》でへんじをしました。

(おやっ、さいみんじゅつにかかったのかな。)

ねこは、おそるおそる、きつねのかおをのぞきこんでみました。きつねは、どことなくとろんとした目《め》つきでまっすぐまえをみつめたまま、からだをふらふらとさせています。

「きつねさん。」

「はあい。」

「コーンとないてごらん。」

「コーン。」

と、きつねがなきました。

(ふうむ、やはりこれはさいみんじゅつらしい。)

と、ねこは目《め》をぱちくりさせながらかんがえました。

（まてまて。そうきめてしまうのは、まだはやすぎるぞ。もうすこしたしかめてみなけりゃあ。）

そのとき、きつねの足《あし》もとにころがっている本《ほん》が目《め》にとまりました。

「きつね。」

「はあい。」

と、きつねがへんじをしました。

「おまえはさっき、ぼくがあれほどたのんだのに、こぶたたちのけんかをとめようとしなかった。『けんかをするのは、元気《げんき》のいいしょうこ』とかなんとかうまいことをいってたけど、そんなのは口《くち》からでほうだいのでたらめだ。おまえは、けんかをとめるのがめんどくさかったのだ。本《ほん》をよむのをじゃまされたくなかったのだ。よけいなことはいっさいしたくないというのが、おまえのかんがえなのだ。そうだろう？」

「はあい。よけいなことはいっさいしたくないというのが、ぼくのかんがえなのでえす。」

きつねが、うなずいてねこのことばをくりかえしました。

「さっきおまえは、いきなりうしろからぶつかってきて、いやというほどぼくをはねとばした。それもおまえがあるきながら本《ほん》をよむなどというばかげたまねをしていたからだ。そうだな？」

「そうでえす。」

「そういったぐあいに、本《ほん》などというものがあると、いろいろとめんどうなことがおこっていけない。そんなものは、川《かわ》のなかへでもほうりこんでしまえ。」

「はあい。」

「まてまて、川《かわ》へほうりこむのはとりけしだ。それより、じぶんでその本《ほん》をたべてしまえ。」

「はあい。」

きつねは、からだをかがめて本《ほん》をひろいあげると、ページをやぶって口《くち》のなかへおしこみ、むしゃむしゃとたべはじめました。

たしかに、これはさいみんじゅつでした。ねこは、じぶんでもしらないあいだに、さいみんじゅつがかけられるようになっていたのでした。それとも、ねこにはうまれつき、さいみんじゅつの力《ちから》がそなわっていて、そのことにいままで気《き》がつかなかっただけなのかもしれません。

そう気《き》がつくと、ねこはわくわくするほどうれしくなりました。

これからは、どなりっこやとっくみあいをしているどうぶつたちをみかけたら、かたっぱしからさいみんじゅつをかけて、こうめいれいしてやるのです。

「しょくん、どなりっこなどしてなんになるか。とっくみあいが、なんのやくにたつか。そんなものはつまらないからやめろと、わたしはいいたい。さあしょくん、きょうからはみんなで手《て》をとりあって、なかよくへいわにくらそうではないか。」

とたんにみんなは、にこにことわらいはじめて、小《ちい》さいねずみも大《おお》きいねずみも、ちゃいろい毛《け》をしたいぬも白《しろ》い毛《け》をしたいぬも、おたがいにあいてをいたわりあいながら、なかよくくらしはじめるようになるにちがいありません。

「すばらしい。まったくすばらしい。」

ねこは、うっとりとためいきをつきました。

＊

気《き》がついてみると、きつねのほうはいつのまにか本《ほん》をのこらずたべおえてしまって、口《くち》のなかにのこったページのはしっこをもぐもぐとやっているところでした。

ねこは、じぶんもおなかがぺこぺこにへっていることをおもいだしました。

「きつね。」

「はあい。」

「どこかへいってたべものをさがしてこい。いいか、おいしそうなものをできるだけたくさんあつめてくるんだぞ。」

「はあい。おいしそうなものをできるだけたくさんあつめてきまあす。」

きつねは、ちょっとおじぎをすると、ふらふらとしながらどこかへはしっていってしまいました。

そのきつねといれかわるように、二《に》ひきのこぶたをこわきにかかえこんだとらが、こちらもやはりどことなくふらふらとした足《あし》どりでもどってきました。

　ねこは、よろこんでいいました。

「よくやったよくやった。どうだ、こぶたどもはいいつけをきいて、すぐにけんかをやめたかね。」

「それが、どんなにいいきかせてもとっくみあいをやめようとしないのでえす。こうしてかかえこんでいても、まだじたばたとあばれつづけているしまつですから、どうにもこまったとしかいいようがありませえん。」

「ようし、こぶたどもをほうりだせえ。」

「はあい。」

　とらは、こぶたたちをぽいっとねこの足《あし》もとにほうりだしました。二《に》ひきのこぶたは、ぱっとあいてにとびかかると、すぐにまたとっくみあいをはじめそうになりました。

「きをつけえ。」

ねこはありったけの声《こえ》でどなると、ぎらぎらとひかる目《め》でこぶたたちをにらみつけました。

「これから、わたしときみたちとでにらめっこをはじめる。わたしがよろしいというまでは、ぜったいこちらのかおから目《め》をはなさないでもらいたい。」

こぶたたちが、かおをみあわせて目《め》をぱちくりとさせました。ねこはかまわずに、こぶたたちのかおをぐっとみすえると、ひげのさきをぴりぴりとうごかしてみせました。

すぐに二《に》ひきのこぶたは、きをつけのしせいをすると、からだをゆらゆらとゆらしはじめました。

「ようし。」

ねこは大《おお》よろこびで、きゅうきゅうとひげをひねりました。

「ふたりともいままで、ずいぶんとけんかをしてきたこととおもう。そのしょうこにきみたちのからだは、たんこぶだらけのきりきずだらけだ。だが、けんかはもうきょうかぎりでおしまいにしてもらいたい。むろん、とっくみあいなどはぜったいにいかん。わかったかな？」

「はあい。」

「わかったら、おたがいにあやまりなさい。『キャベツをひとりじめにしようとしてすみませんでした。』とね。」

「はあい。」

二《に》ひきのこぶたは、あいてにむかってあたまをさげあうと、声《こえ》をそろえていいました。

「キャベツをひとりじめにしようとしてすみませんでした。もう二《に》どとしませんからゆるしてくださあい。」

「よしよし、これですべてがばんばんざい。それ、よろこべよろこべ。とらもよろこべ。こぶたもよろこべ。」

「よかったよかった、よかったな。」

と、とらもこぶたも大《おお》よろこびをしました。

そこへきつねが、にぐるまをおもそうにひきながらもどってきました。

「ほうこくしまあす。ただいまきつね、おいしそうなものをできるだけたくさんあつめてもどってまいりましたあ。」

みると、どこからあつめてきたものか、にぐるまの上《うえ》にはありとあらゆるごちそうが、山《やま》のようにつみあげられていました。

ごちそうだけではありません。いすもありましたしテーブルもありました。おさらにコップにナイフにフォーク、赤《あか》やきいろのチューリップがさった花《か》びんまでが、くるまのいちばんてっぺんにちょこんとのせてありました。

「ようし、よくやったよくやった。」

ねこはよろこんで、きゅうきゅうとひげをひねりながらきつねにいいました。

「どうだきつね。これだけのにもつをここまではこんできたんだから、おまえもさぞかしおなかがへったことだろうな。」

「はあい。おなかでしたら、もうぺっこぺこでえす。」

「とらはどうだ。」

「ぼくもぺこぺこでえす。」

「こぶたたちはどうか。」

「ぼくたちもぺこぺこでえす。」

「ようし、それではこれより、なかよしパーティをひらいてごちそうをおなかいっぱいたべることにする。さあ、みんなでパーティのしたくをはじめよう。」

「はあい。」

きつねやこぶたやとらたちは、力《ちから》をあわせてにぐるまからテーブルをおろしたり、おさらやコップをくばったりしはじめました。

こうして、テーブルのしたくもあらかたできあがったころ、てっぽうをかかえたひとりのりょうしが、おそろしいいきおいでみんなのそばへとびこんできました。

＊

「ははあん、やっぱりきさまたちのしわざだな。」

ごちそうがずらりとならんだテーブルをみまわしながら、りょうしは大《おお》きくうなずきました。

ねこは、きょとんとしたかおをしました。

「なんのことですか、やっぱりって？」

「しらばっくれてもだめだぞ。ここにあるたべものやテーブルをだれのものだとおもっているんだ。」

と、りょうしがほえたてました。

「ははあ、するとこれはぜんぶ、りょうしさんのおうちのものでしたか。」

「わしのうちのだけじゃない。となりきんじょじゅう、たべものやらなにやらをごっそりぬすみだされて大《おお》さわぎをしているぞ。そこにいるどろぼうぎつねが、かたっぱしからくるまにつみこんでにげだしおったんだ。」

「なるほどなるほど。さいみんじゅつの力《ちから》というのは、なかなかたいしたものなんだなあ。」

ねこは、にやにやとしながらりょうしにいいました。

「まあまあ、そんなにこうふんすることもないでしょう。なんですか、テーブルの一《ひと》つや二《ふた》つくらい。」

「テーブルの一《ひと》つや二《ふた》つだと？　ちょっ、ひとのものをぬすんでおきながらずうずうしい。よし、こうなったらまずいちばんに、おまえからうちころしてやる。」

りょうしは、てっぽうをかまえてひきがねをひこうとしました。ねこは、ぎらぎらとひかる目《め》でりょうしをにらみつけると、ひげのさきをぴりぴりとふるわせてみせました。

りょうしは、ちょっとおどろいたようなかおをしましたが、すぐに、てっぽうをもった手《て》をだらりと下《した》へさげると、からだをゆらゆらとゆらせはじめました。

「りょうし。」

と、ねこがあいてのかおから目《め》をはなさずにいいました。

「はあい。」

と、りょうしがこたえました。

「おまえはさっきから、しきりにてっぽうをふりまわしているが、そんなことをしてはあぶなくてしかたないじゃないか。そんなもん、ひとおもいにぽきっとおってしまえ。」

「はあい。」

りょうしは、てっぽうをもちかえてひざにあてがうと、ぽきりと二《ふた》つにおってしまいました。

「うん、けっこうけっこう。」

ねこは、まんぞくそうにうなずきました。

でも、てっぽうがなくなってしまっただけでは、まだあんしんできませんでした。

「りょうし。」

と、またねこがいいました。

「ぼくたちはこれからなかよしパーティをはじめるところなのだが、おまえもなかまにはいりたいとはおもわんか。」

「はあい。」

「おもいますでえす。」

「よし、なかまにいれてやる。だが、にんげんのすがたのままでいるとそのうちまた、わるいことをはじめるかもしれん。そこでひとつ、なにかかわいらしいどうぶつにすがたをかえてもらいたい。そうだな、まずうさぎあたりがいいだろう。」

「はあい。」

「までまて、できることならまとめて十《じっ》ぴきぐらいにかわってみてくれんか。

そのほうがにぎやかでいいからね。」

「はあい。まとめて十《じっ》ぴきのうさぎにかわりまあす。」

(いくらさいみんじゅつだからといって、まさか、にんげんをうさぎのすがたにかえることまではできないだろう。)

と、ねこはかんがえました。でも、りょうしはちょっとおじぎをしたかとおもうと、たちまち十《じっ》ぴきのうさぎにすがたをかえてしまったのです。

(なるほどなるほど、きつねもいっていたように、さいみんじゅつの力《ちから》というのはまことにおそろしいものだ。よしよし、ぼくはこの力《ちから》をつかって、いまの世《よ》の中《なか》をまったくあたらしいものへつくりなおしてみせよう。)

ねこはそんなことをかんがえて、うれしさととくいさとでむねをいっぱいにしながら、

「さあ、はじめるとしようじゃないか。」

とほかのどうぶつたちをうながして、テーブルのまえにこしをおろしたのでした。

＊

とらときつねと二《に》ひきのこぶたと十《じっ》ぴきのうさぎたちは、テーブルにむかうとさっそくごちそうをむしゃむしゃとやりはじめました。ねこもいっしょに手《て》をだそうとしましたが、

（そうだ、そのまえにひとことあいさつをしなければな。）

とかんがえて、またいすからこしをあげました。

どうぶつたちが手《て》をやすめてねこのかおをうかがいました。

「いやいや、そのままでけっこう。どうか、たべながらきいてくれたまえ。」

ねこは、せきばらいをするとおもむろに口《くち》をきりました。

「しょくん、本日《ほんじつ》ここにこうしてめでたく、なかよしパーティをひらくこと

ができましたことは、わたくしのふかくよろこびとするところであります。われわれはこれからさき、どのようなことがおこりましょうとも、どなりっこもせずとっくみあいもせず、いつもしずかにわらいながらなかよくへいわにくらしていこうではありませんか。このはらのひとすみにうまれたなかよし運動《うんどう》をみんなの力《ちから》でたいせつにそだてあげ、村《むら》から村《むら》へ町《まち》から町《まち》へ、さいごには世界《せかい》ぜんたいへとおしひろげていこうではありませんか。」

ねこは、すっかりいい気《き》もちになって、むねをはりながら話《はなし》をつづけました。

「そもそもけんかとは、たべもののうばいあいからおこりやすいものなのであります。でありますからして、けんかをなくすためには、まずたべもののうばいあいをなくさなければならないのであります。かりにもし、われわれのなかからたべものをひとりじめして、『これはおれさまのものだ。さわっちゃいかん。』などとひとをどなりつけるふらちものがでてきたといたします。そのようなばあい、われわれはいかがすべきでありましょう。しょくん、いかがすべきでありましょうか。」

ねこは、テーブルをたたいて話《はなし》にけいきをつけました。

「いかにすべきかという答《こた》えは、いまさらわたくしの口《くち》からもうしあげるまでもございません。そのようなふらちものをみかけたら、ぜひともしょくんの手《て》でたいじをしていただきたい。みんなで力《ちから》をあわせて、ひとおもいにうちゅうの外《そと》へとなげとばしてやっていただきたい。これは、わたくしからのめいれいであります。あいてがどんなにつよいものだろうが、またどんなにえらいものだろうが、えんりょなく、うちゅうの外《そと》へとなげとばしてやらなければならん。どうか、このことをしっかりとこころにとどめておいてほしいのであります。」

こんなぐあいに一《いち》じかんちかくもしゃべりつづけたあと、ねこはようやく、

「それでは、これをもちましてごあいさつにかえさせていただきます。」

といって、話《はなし》にしめくくりをつけました。

どうぶつたちが、ぱちぱちとはくしゅをしました。ねこは、ちょっと首《くび》をうなずかせて、いすにこしをおろしました。

ところが、ちらりとテーブルに目《め》をやったひょうしにねこはおもわず、いすからころげおちそうになりました。

ねこが話《はなし》にむちゅうになっているあいだに、ほかのどうぶつたちがのこらずたいらげてしまったとみえて、山《やま》ほどあったたべものがかげもかたちもなくなっていました。テーブルはすっかり、からんとなっていて、コロッケの小《ち》さいのが一《ひと》つ、おさらの上《うえ》にちょこんとのこっているだけでした。

ねこは、あわててコロッケをおさえつけると、ありったけの声《こえ》でどなりま

した。

「これはおれさまのものだっ。さわっちゃいかんっ。」

そういってしまってからねこは、さきほどのえんぜつのなかで、

「たべものをひとりじめにするようなふらちものは、力《ちから》をあわせてうちゅうの外《そと》へほうりだせ。」

と、めいれいしたことをおもいだしました。

ねこは、あわててめいれいをとりけそうとしました。

でも、そのときはもうおそすぎました。

とらときつねと二《に》ひきのこぶたと十《じっ》ぴきのうさぎは、わあーっとねこにおそいかかると、わけのわからないことをさけんでいるねこのからだをつかみあげて、二《に》、三《さん》どてあらくふりまわし、そのままうちゅうのはてへむかってひゅーんとなげとばしてしまいました。

こうして、ねこはいなくなりました。

のこったどうぶつたちがそのあとどうなったかというと、それはあまりはっきりとしていません。ひとからきいた話《はなし》ですと、とらときつねと二《に》ひきのこぶたと十《じっ》ぴきのうさぎは、どうやらいまになっても、ねこにかけられたさいみんじゅつからさめていないとみえて、あいかわらずとろんとした目《め》つきとあぶなっかしい足《あし》どりのまま、どなりあいもせずとっくみあいもせず、なかよくへいわにくらしているらしいということです。

あとがき

小沢《おざわ》　正《ただし》

ついこのあいだ、せかせかうさぎが、「ごぶさたしました。」といって、私《わたくし》の家《いえ》へたずねてきました。のんびりこぶたのほうは、旅《たび》のつかれで、まだベッドにもぐりこんだままだということでした。ところが、しばらく話《はな》しているうちに、せかせかうさぎが、こんなことをいいだしたのです。

「じつはこのごろ、あのこぶたくんが、ばくだんこぶたではないかという気《き》がしてきましてね。」

「えっ。」

私《わたくし》は、おどろいてききかえしました。

「それは、きみ、たしかなことなのかね。」

「いろいろと考《かんが》えあわせると、どうも、そうらしいのです。むろん、こぶたくんは、そのことにはまるで気《き》がついてはおりません。さもなければ、あれほど、のんびりとしていられるわけがありませんからね。ところで、もんだいは、のんびりくんが、ばくだんこぶただとしたばあい、おなかのなかのばくだんをどうするかということなのです。」

「というと?」

「つまりですね、かりに、ばくだんをおなかのなかからとりだせることができるとしても、いったい、そうしていいものかどうか。そんなことをしたら、のんびりくんがのんびりくんではないようになってしまやしないか。それが、ぼくには、よくわからんのです。」

「ふうむ。」

私《わたくし》も考《かんが》えましたが、やはり、よくわかりませんでした。山《やま》のたぬきに、この話《はなし》をきかせたら、「きみ、われわれはだれでも、それぞれ、おなかのなかに、ばくだんをかかえこんでおるのだ。そのくらいで、おどろくにはあたらんよ。」と、そんなことをぶつくさとつぶやくのではないかと、ふと、そんな気《き》がしました。

解説《かいせつ》

小《ちい》さい人《ひと》たちのための大《おお》きな文学《ぶんがく》

神宮輝夫《じんぐうてるお》

一九六五年《ねん》のことですから、小沢《おざわ》さんが二十八歳頃《さいころ》だと思《おも》います。『目《め》をさませトラゴロウ』という幼年向《ようねんむ》きの作品集《さくひんしゅう》が出版《しゅっぱん》されて大評判《だいひょうばん》になりました。トラノ・トラゴロウが片方《かたほう》のキバをなくし、多《おお》くの動物《どうぶつ》たちに無理難題《むりなんだい》をおしつけられながらがまんをしてキバのゆくえをつきとめ、キバを回復《かいふく》した末《すえ》に、みんなを食《た》べてしまうという、「キバをなくすと」を代表《だいひょう》とするこの作品集《さくひんしゅう》は、ほかの幼年文学《ようねんぶんがく》とはきわだって質《しつ》のちがう新鮮《しんせん》なものでした。幼年文学《ようねんぶんがく》といえば、子《こ》どもの生活《せいかつ》のいろいろをお話《はなし》にしたものと、子《こ》どもの空想《くうそう》に近《ちか》い想像《そうぞう》の世界《せかい》をくりひろげたものがほとんどでした。ところが、小沢《おざわ》さんの作品《さくひん》は、(思《おも》いきって単純《たんじゅん》にいえば)人間《にんげん》の本質《ほんしつ》をさぐろうとするものだったと思《おも》います。

人間《にんげん》には、いうまでもなく、理性《りせい》と感情《かんじょう》があります。そして、無意識《むいしき》の世界《せかい》などという心《こころ》の奥《おく》の世界《せかい》もあってたいへん複雑《ふくざつ》です。そんな中《なか》にまよいこむと、まいごになることもあります。小沢《おざわ》さんの作品《さくひん》の中《なか》にも、考《かんが》えすぎてまいごになったようなものもあったように思《おも》います。

けれども、『のんびりこぶたとせかせかうさぎ』を読《よ》んだ時《とき》、私《わたくし》は小沢《おざわ》さんがぐーんとひとまわり大《おお》きくなったように思《おも》いました。精神《せいしん》を高《たか》めることをねがって、食《た》べることばかりに興味《きょうみ》を持《も》っている友《とも》だちのこぶたを非難《ひなん》していたうさぎが、じつはやはり食《た》べものにいちばん興味《きょうみ》を持《も》っていたという話《はなし》が、じつにわかりやすく、じつに楽《たの》しく語《かた》られていました。人間《にんげん》という複雑《ふくざつ》な生《い》きもののほんとうの姿《すがた》の一《ひと》つが、よくかみくだかれてだれにもわかるようにまとめられ、しかも頁《ページ》をめくる楽《たの》しさをちゃんと考《かんが》えて描《えが》かれているのでした。この物語《ものがたり》を読《よ》んでからというもの、私《わたくし》は小《お》沢《ざわ》さんの作品《さくひん》が新《あたら》しく出《で》るたびに、まず楽《たの》しませてもらおうと思《おも》って、読《よ》むのですが、今《いま》までその期待《きたい》がはぐらかされたことはありません。たとえば、『たぬきのイソップ』がそうです。これは、枠《わく》の中《なか》に「こぶたとうさぎのハイキング」「こぶたとばくだんこぶた」「かくれすぎたうさぎ」の三《みっ》つがはいっています。どれもみな話《はなし》の進《すす》め方《かた》が、最初《さいしょ》の方《ほう》は、なにかの物語《ものがたり》と似《に》ているような気《き》がします。ところが終《お》わり方《かた》には、ちょっとすご味《み》があります。地図《ちず》によれば自分《じぶん》たちはあの森《もり》にいるはずだから、ここにいる自分《じぶん》たちは夢《ゆめ》の中《なか》の自分《じぶん》たちだと考《かんが》える——こういう考《かんが》えの筋《すじ》みちは、小《ちい》さな子《こ》どもたちの心《こころ》の動《うご》きそのものだと思《おも》います。けれども、考《かんが》えそのものに恐《おそ》ろしさがあると思《おも》います。六《ろっ》ぴきのこぶたのだれがぼくだんこぶただかわからない、だれだってそうかもしれないというのも、やはりこわいですね。なんだか、この世《よ》の中《なか》に生《い》きている自分《じぶん》が、とても不確《ふたし》かでたよりないように思《おも》えてきます。たしかに私《わたくし》たちは、いつでも、心《こころ》のどこかにそういう不安《ふあん》を持《も》って生《い》きているわけです。

こんなふうに書《か》くと、小沢《おざわ》さんの童話《どうわ》は、なんだか、人間《にんげん》をつめたい目《め》でじっと見《み》つめているように受《う》けとる人《ひと》がいるかもしれません。そうでないことは読《よ》めばすぐにわかることですが、あえて説明《せつめい》しますと、ユーモアがあるからちがうのだといえるでしょう。

私《わたくし》は、ユーモアというものは、自分《じぶん》のことをほかの人《ひと》が見《み》るような目《め》で見《み》られることだと思うのです。そんなふうに自分《じぶん》をながめられれば、ほかの人《ひと》のことも、自分《じぶん》とくらべて考《かんが》えることができます。そうなれば、ほかの人《ひと》のことをあたたかい目《め》で見《み》られます。なにしろ、自分《じぶん》のばからしいところがわかっていますから、ひとのことをばかにすることなんかできなくなるというわけです。

『三《みっ》つのしっぽい』など、そのユーモアがとてもよくあらわれた作品《さくひん》だと思《おも》います。第一話《だいいちわ》の「きつねのしっぱい」は、地面《じめん》に落《お》ちているみかんをだれかに試食《ししょく》させてみて、あまかったら自分《じぶん》も木《き》からとって食《た》べようとするきつねの失敗《しっぱい》です。だれかにまずなにかをやらせてみて大丈夫《だいじょうぶ》だったら自分《じぶん》もやるというような、ちょっとしたずるさは、ふつうの人《ひと》にはみんなあります。きつねは、そのずるさのために恥《はじ》をかくのですが、この話《はなし》は「だからずるいのはいけない」などというおしつけがましいお説教《せっきょう》をきかしてはくれません。むしろ、なんとなく、きつねに同情《どうじょう》している感《かん》じです。だれにだってそういうずるさはあるんだから、しかたないよね、といっている気《き》がします。だから、一《ひと》つまちがうと読《よ》んだあとでにがい味《あじ》が残《のこ》って、自分《じぶん》がじろじろ見《み》られているような感《かん》じがしてしまうような物語《ものがたり》が、春風《はるかぜ》でも吹《ふ》いているようなとぼけた味《あじ》のものになっています。

小沢《おざわ》さんは、ここにおさめた物語《ものがたり》の後《あと》、『三《さん》びきのたんてい』という楽《たの》しい探偵《たんてい》ものを発表《はっぴょう》しました。三《さん》びきの動物探偵《どうぶつたんてい》の性格《せいかく》がくっきりとかきわけられている上《うえ》に、事件《じけん》と推理《すいり》に新鮮《しんせん》なおどろきや笑《わら》いがふくまれている傑作《けっさく》だと思《おも》います。いちばん新《あたら》しい一冊《いっさつ》が『めんどりのコッコおばさん』。これも奇抜《きばつ》なアイディアとあたたかみのあるものです。

こういう作品《さくひん》を読《よ》むと、おもしろさ、人間《にんげん》を見《み》つめる目《め》、ことばのえらび方《かた》などがいよいよ深《ふか》まってきていると強《つよ》く感《かん》じさせられます。

作・小沢　正（おざわ　ただし）
1937年、東京に生まれる。早稲田大学卒業。宮沢賢治に憧れ、早大童話会に所属する一方、幼年童話研究同人誌「ぷう」を創刊する。出版者勤務を経てテレビの幼年向け番組にも関わる。作品に、『ほしからきたうま』『目をさませトラゴロウ』『かがみのルピック』『こぶたのかくれんぼ』などがある。

絵・長　新太（ちょう　しんた）
1927年、東京に生まれる。漫画・絵本・イラストレーション・童話・エッセイなど幅広い分野で活躍。作品に、『おしゃべりなたまごやき』『キャベツくん』『ゴムあたまポンたろう』『いぬのおばけ』「ねえねえええほん」シリーズなど多数。文藝春秋漫画賞、路傍の石幼少年文学賞、産経児童出版文化賞美術賞、巌谷小波文芸賞、エリクソンモービル児童文化賞受賞。2005年、死去。

収録作品について
『のんびりこぶたとせかせかうさぎ』（ポプラ社 1974.5）『たぬきのイソップ』（ポプラ社 1976.2）「三つのしっぱい」（小学館 1977.10〜12）「ねことさいみんじゅつ」（福音館書店 1970.8）

※この作品は、1979年ポプラ社発行の『のんびりこぶたとせかせかうさぎ』の新装版です。

2005年10月　第１刷

ポプラポケット文庫003-1
のんびりこぶたとせかせかうさぎ
作　小沢　正
絵　長　新太
発行者　坂井宏先
発行所　株式会社ポプラ社
東京都新宿区大京町22-1・〒160-8565
振替　00140-3-149271
電話（編集）03-3357-2216　（営業）03-3357-2212
（お客様相談室）0120-666-553
FAX（ご注文）03-3359-2359
インターネットホームページ http://www.poplar.co.jp
印刷・製本　図書印刷株式会社
Designed by 濱田悦裕

ISBN4-591-08875-8　N.D.C.913　212p　18cm

ポプラ ポケット文庫

● 小学校 初・中級～　●● 小学校 中級～　●●● 小学校 上級～　●●●● 中学生向け

児童文学・中級～

- ● くまの子ウーフ　神沢利子／作　井上洋介／絵
- ● こんにちはウーフ　神沢利子／作　井上洋介／絵
- ● ウーフとツネタとミミちゃんと　神沢利子／作　井上洋介／絵
- ● うさぎのモコ　神沢利子／作　渡辺洋二／絵
- ● おかあさんの目　あまんきみこ／作　菅野由貴子／絵
- ● のんびりこぶたとせかせかうさぎ　小沢　正／作　長　新太／絵
- ● もしもしウサギです　舟崎克彦／作・絵
- ●● 一つの花　今西祐行／作　伊勢英子／絵
- ●● おかあさんの木　大川悦生／作　箕田源二郎／絵
- ●● 竜の巣　富安陽子／作　小松良佳／絵
- ● ゾロリ 2in1　かいけつゾロリの ドラゴンたいじ／きょうふのやかた　原ゆたか／作・絵

Poplar
Pocket
Library

児童文学・上級〜

- きつねの窓　安房直子／作　吉田尚令／絵
- 青いいのちの詩　折原みと／作・写真
- 風の天使　倉橋燿子／作　佐竹美保／絵
- 十二歳の合い言葉　薫くみこ／作　中島　潔／絵
- 風の丘のルルー①　魔女の友だちになりませんか？　村山早紀／作　ふりやかよこ／絵

ミステリー

- 名探偵金田一耕助①　仮面城　横溝正史／作
- 名探偵神津恭介①　悪魔の口笛　高木彬光／作
- 名探偵ホームズ①　赤毛連盟　ドイル／作　亀山龍樹／訳
- ABC殺人事件　クリスティ／作　百々佑利子／訳

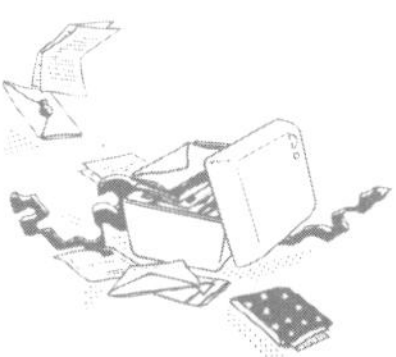

みなさんとともに明るい未来を

一九七六年、ポプラ社は日本の未来ある少年少女のみなさんのしなやかな成長を希《ねが》って、「ポプラ社文庫」を刊行しました。

二十世紀から二十一世紀へ――この世紀に亘《わた》る激動の三十年間に、ポプラ社文庫は、みなさんの圧倒的な支持をいただき、発行された本は、八五一点。刊行された本は、何と四千万冊に及びました。このことはみなさんが一生懸命《いっしょうけんめい》本を読んでくださったという証左《あかし》でもあります。

しかしこの三十年間に世界はもとよりみなさんをとりまく状況も一変しました。地球温暖化による環境破壊、大地震、大津波、それに悲しい戦争もありました。多くの若いみなさんのかけがえのない生命も無惨《むざん》にうばわれました。そしていまだに続く、戦争や無差別テロ、病気や飢餓《きが》……、ほんとうに悲しいことばかりです。

でも決してあきらめてはいけないのです。誰もがさわやかに明るく生きられる社会を、世界をつくり得る、限りない知恵と勇気がみなさんにはあるのですから。

――若者が本を読まない国に未来はないと言います。

創立六十周年を迎えんとするこの年に、ポプラ社は新たに強力な執筆者《しっぴつしゃ》と志《こころざし》を同じくするすべての関係者のご支援をいただき、「ポプラポケット文庫」を創刊いたします。

二〇〇五年十月　　坂井宏先